KB124517

선화

문학에서 발견하는
무한한 좌표들,
은행나무 시리즈 N°

선화

김이설 소설

은행나무

차례

진물

꺾인 손가락이 펴지지 않았다. 오른손 다섯 손가락이 모두 덜덜 떨렸다. 주기적으로 오는 통증이었다. 부근의 중학교와 고등학교의 졸업식이 있던 요즘이었다. 내일은 근처 대학교에 졸업식이 있다. 학교 앞 좌판에서 팔 꽃다발을 만드느라 손이 이 지경이 되었다. 장미와 안개꽃이라면 진저리가 났다. 꽃다발은 내가 초등학교를 졸업하던 이십 년 전과 여전히 같은 모양새로 만들어야 더 잘 팔렸다. 나는 왼손으로 오른손을 꽉 쥐었다. 한번 마비가 되면 쉽게 풀리지 않았다.

대야에 뜨거운 물을 받아 두 손을 담갔다. 물에 닿은 열 손가락이 벌겋게 부어오르면서 금세 쪼글쪼글해졌다. 손가락 마디 끝이 쓰렸다. 수부습진이라고 했다. 손이 늘 젖은 상태여서 생긴 증상이라는 것이다. 주부습진이요? 의사가 손바닥을 힐끔 쳐다보고 모니터를 보면서 말했다. 주부습진도 수부습진이죠. 최대한 물이 안 닿게 하세요. 연고 바르시고. 꼭 면장갑을 먼저 끼고서 고무장갑을 착용하세요. 꽃 일을 하는 사람이 면장갑을 낄 수는 없었다. 열 손가락 모두 수시로 껍질이 벗겨지고 진물이 났다.

굳은 손가락이 차츰 움직여졌다. 받아놓은 뜨거운 물 때문에 콧잔등에 땀이 맺혔다. 가슴께가 따끔거렸다. 티셔츠를 벗고 브래지어를 벗었다. 브래지어 안에 장미 가시 두어 개가 박혀 있었다. 장미를 다루는 날마다 이랬다. 심지어 팬티 속에서도 가시가 나오곤 했다. 젖가슴 위에 군데군데 붉은 점이 찍혔다. 물속에 담근 오른손에 다시 힘을 주었다. 나도 모르게 이를 앙다물었다. 천천히 폈다가 쥐고, 다시 폈다 쥐기를 반복했다. 시간이 지나자 손가락 마디마디가 담배를 쥘 만큼은 움직여졌다.

텔레비전을 틀었다. 어제 보던 장면부터 이어서 보기 시작했다. 좀비가 된 아내에게 총을 겨눈 남편이 눈물을 흘렸다. 한쪽 눈에 피 얼룩이 더께 진 아내는 무표정했다. 마치 내 얼굴 같았다. 나는 오른손으로 오른쪽 눈가를 매만졌다. 손끝에 두둘두둘한 피부가 고스란히 느껴졌다. 남편은 결국 아내에게 총을 쏘았다. 그래야만 아내가 완전히 죽을 수 있었다. 이미 죽은 아내였는데도, 남편은 마치 자기가 죽인 것처럼 괴로워했다. 자기 탓도 아닌데 자기 때문이라 여기며 괴로워하는 사람의 마음을 나로서는 알 수 없었다. 자책을 면죄부 삼았던 엄마를, 그래서 나는 여전히 이해할 수 없었다.

그림자가 창문에 어룽거렸다. 지나가는 사람들의 발목과 신발만 보이는 반지하방의 작은 창문을 한 번도 내 손으로 열어본 적이 없었다. 발소리는 금세 사라졌고, 텔레비전 화면에서 쏟아진 핏빛이 방 안에 고였다. 나는 지난밤에 마시다 반쯤 남은 소주를 잔에 부었다. 빈병이 될 때까지 담배 세 개비를 피웠고, 그사이 영화는 끝이 났다. 불을 끄고 누웠지만 좀처럼 잠이 오질 않왔다. 내일은 엄마의 기일이었다.

가게 문을 열자마자 남자가 들어섰다. 아르바이트를 하는 혜조가 오기 전에 졸업식 꽃다발을 더 만들어놔야 했다. 남자는 장미 한 송이를 달라고 했다. 얼마죠?

"오천 원입니다."

남자가 놀란 표정을 지었다. 졸업식 시즌이어서 돈이 있어도 못 구할 판이었다. 꽃 상태도 그리 좋지 못했다.

"장미가 비싸면, 빨간색 튤립도 괜찮아요. 꼭 장미로 하셔야 되나요?"

"그건 아니지만…… 튤립은 얼마죠?"

세 송이에 만 원이었다. 남자가 잠시 머뭇하더니, 튤립으로 달라고 했다. 오천 원에 한 송이보다는 만 원에 세 송이가 경제적인 선택이었다. 꽃은 먹거나 입지 못하는, 지극히 비생산적인 소비재였다. 그저 보는 것이 쓸모의 전부였다. 그러나 꽃을 주고받는 의미는 개인의 욕망을 직접적으로 충족하기에 가장 최적의 재화였다. 꽃을 선물하고, 꽃을 받는 주체의 심리적 만족감은 금전으로 치환할 수 없었다. 물론 꽃을 아무짝에도 쓸모

없는 것이라 취급하는 사람들이 세상에는 더 많다. 어쩌면 그들의 생각이 옳은지도 모를 일이었다. 전화벨이 울렸다. 언니였다.

— 오늘 늦니?

— 매년 똑같은 걸 물어. 졸업 시즌이잖아.

— 그래서 끝나면 몇 신데?

수화기 너머로 조카애의 목소리가 얼핏 들렸다. 올봄에 초등학교에 입학한다고 했다. 그러고 보니 입학 선물 하나 챙기지 못했다. 다른 이모들은 어떤지 모르겠지만, 나는 그 아이가 별로 살갑지 않았다. 그건 언니에게 이입된 감정 때문이었다. 흰 봉투를 꺼내 깨끗한 지폐를 골라 넣었다. 돈이 가장 유용할 선물일 터였다.

조카애가 여덟 살. 나와 두 살 터울인 언니는 올해 서른일곱이 되었다. 엄마가 죽은 지도 벌써 이십오 년 전의 일이 돼버렸다. 이십오 년 전의 엄마는 나와 동갑이었다. 서른다섯에 아이 둘을 두고 스스로 목숨을 버렸던 엄마. 나와 동갑이었던 여자가 스스로 생을 버린 이유를 나는 아직도 모르겠다. 아무리 생각하고, 추측하고, 감정을 이입해도 그 당시의 엄마가 처했을 현실이

과연 죽을 만큼 절박한 상황이었는지 나로서는 알 수가 없다. 엄마는 대체 무엇이 그토록 끔찍했던 것일까. 적어도 나 같은 딸을 두었다면 조금 더 살았어야 옳다. 그래서 나는 엄마의 죽음을 동정할 수 없었고 납득할 방법을 찾으려 노력하지도 않았다.

허공에 떠 있는 엄마의 맨발을 발견한 건, 나였다. 엄마가 죽었다. 스스로 죽었다. 열 살의 나는 눈앞에 대롱거리는 엄마의 맨발이 무엇을 의미하는 것인지 정확히 알았다. 그래서 나는 고개를 들지 않았다. 엄마라면 두 눈을 시퍼렇게 뜨고 있을 것 같았다. 나는 조용히 방문을 닫았다. 그러고는 가방과 실내화주머니를 내려놓고 집을 나섰다. 아버지가 있는 학교로 향했다. 아버지는 내가 다니던 초등학교의 소사였다. 수돗가의 금이 간 배수구 바닥에 시멘트를 바르고 있는 아버지가 저 멀리 보였다. 나는 아버지에게 다가갔다. 엄마가 죽었어. 내 얼굴을 물끄러미 쳐다보던 아버지가 벌떡 일어나 달리기 시작했다. 한쪽 다리를 절룩이던 아버지의 걸음이 그렇게 빠른 적은 처음이었다.

엄마의 제사상을 차리기 시작한 건 언니가 결혼한 뒤

부터였다. 그 전에는 누구라도 엄마의 죽음에 대해 입 밖으로 꺼낼 수 없었다. 할머니 때문이었다. 할머니는 엄마를 몹쓸 여편네라고 칭했다. 그건 엄마가 살아 있을 때도 그랬고, 죽어서도 그랬다. 자식을 버리고 죽은 어미는 어미가 아니라고, 그냥 미친년이라고, 몸뚱이만 등신인 줄 알았더니 결국 등신 짓으로 죽은 년이라고, 그런 년이었으니 집안 꼴이 제대로 돌아갔을 리 있었겠느냐고, 미친년을 집안에 들여놓고 살았으니, 집안이 이 지경이 된 것이라고. 엄마 잃은, 겨우 열댓 살 먹은 손녀들 앞에서 그렇게 말하던 할머니와 살아야 했기 때문이었다. 그렇게 말하고 나면 할머니는 안쓰럽다는 듯이 언니를 쳐다보곤 했다. 때때로 아이고, 이 불쌍한 내 새끼, 혀를 차며 얼굴을 쓰다듬으려 팔을 뻗기도 했다. 그럼 언니는 경기를 일으키듯 왼쪽 뺨을 감싸쥐며 자리에서 벌떡 일어났다. 나도 덩달아 오른쪽 뺨을 감추며 그 자리에서 도망치곤 했다.

내 오른쪽 얼굴에는 검고 붉고 짙은 얼룩이, 언니의 왼쪽 얼굴에는 가늘고 긴 흉터가 박혀 있었다. 언니는 내 얼굴을 쳐다보지 않았고 , 나 역시 언니의 얼굴을 쳐다보지 않았다.

아버지는 엄마가 죽은 이후로 학교 소사를 그만두고, 엄마가 하던 꽃집에 틀어박혔다. 아버지의 말수가 줄었고, 나와 언니도 서로에게 말을 하지 않았다. 집 안에서 말을 하는 사람은 오로지 할머니뿐이었다.

십여 년 전, 언니가 결혼을 한 이듬해 겨울. 설 명절을 쇠러 온 언니가 엄마의 제사를 지내겠다고 말했다. 누워 있던 할머니가 꿈틀댔다. 이미 관절염과 치매로 자리보전한 지 오래인 노인네였다. 아버지가 할머니를 한 번 쳐다보더니 다 기어들어가는 목소리로 대꾸했다.

"오래전에 죽은 사람인데 뭐 하러……"

"이제라도 내가 차릴 테니까 그렇게 아시라고요!"

언니는 일부러 할머니를 향해 소리쳤다. 아버지가 슬그머니 고개를 돌렸다.

"아버지 제사상도 내가 차릴 테니까 걱정 마세요."

언니가 쐐기를 박았다.

"할머니 제사는 내가 안 모셔요. 그렇게 아세요."

언니의 말에 아버지는 입을 다물었다. 할머니가 팔, 다리를 비틀며 쓰러졌을 때, 식구들은 모두 할머니가 곧 죽을 거라고 생각했다. 그러나 할머니는 십 년이 넘도록 그 상태 그대로였다. 사지를 못 쓰고, 간간이 정신 나간 헛소리를 하면서도 끈질기게 목숨을 연명했다. 입 밖으로 내뱉지는 않았지만 모두들 어서 할머니가 죽기만을 기다렸을 것이다. 살아 있어봤자 소용없는 인간이었다. 그렇다고 죽일 수도, 내다 버릴 수도 없는 노릇이었다. 늙어가는 아버지가 더 늙은 어미에게 하루 세 끼를 해 먹이고, 일주일에 한 번씩 씻겼다. 나는 그것이 아버지가 받아야 할 마땅한 벌이라고 생각했다. 평생 자기 어미만 두둔해온 아들의 죗값이라고 생각했다.

소매를 걷어붙이고 포장지를 자르던 혜조가 손을 베였다. 가윗날이 스쳤던 자리에 빨간 피가 솟았다. 매일 벌어지는 일이었다. 내 손에도 잔상처와 흉터가 가득이었다. 반창고를 붙였는데도 피가 배어나오는 것이 보였다. 그래도 쉬라는 말을 못했다. 포장해야 할 다발이 아직 제법 남아 있었다. 내가 안개꽃과 프리지어, 아이리스, 장미를 두어 줄기씩 섞어 와이어로 묶으면 혜조가 여러 겹의 포장으로 감싸 커다란 다발로 마무리지었다.

혜조의 빠른 손놀림 덕분에 시간 맞춰 꽃다발을 다 만들 수 있었다. 약속시간에 맞춰 혜조의 남자친구가 도착했다. 차가 있어 급할 때마다 신세를 지는 남자친구였다. 둘이 품 가득 꽃다발을 안아 경차 뒷자리에 차곡차곡 실었다. 꽃에 파묻힌 혜조와 남자친구가 괜히 웃어대기 시작했다. 저 둘은 같이 있기만 해도 웃었다. 별일이 없어도 웃었다. 그것이 연인의 모습인지, 저 나이의 특징인지 나는 알 수 없었다.

"다 못 팔면 들어올 생각 마."

"겁주시면 저희가 꽃값 다 들고 튀어요."

"그러기만 해봐."

"제가 잘 데리고 오겠습니다. 걱정 마세요."

남자친구가 혜조를 끌어당기며 인사를 했다. 그게 웃긴지 혜조가 또 까르르 웃어댔다. 둘을 내보낸 가게 안이 갑자기 적막하게 느껴졌다. 작업대와 바닥에는 이파리와 줄기, 포장지 조각 들이 잔뜩 쌓여 발 디딜 틈이 없었다. 나는 작업대 위부터 치우고, 바닥을 쓸었다. 오십 리터짜리 쓰레기봉투가 꽉 찼다. 혜조가 봤다면 분리수거를 하지 않았다고 잔소리를 할 게 뻔했다. 귀찮은 나는 봉투 하나에 모두 쓸어담아 건물 밖에 내놓았다. 그리고 담배 하나를 꺼냈다. 비가 오려는지 담배가 눅눅했다.

가게는 삼층 건물의 일층에 자리했다. 주변은 개인병원과 상점, 사무실이 밀집된 곳이었다. 가까이에 중, 고등학교도 있고 버스정류장 서너 개 거리에는 이 년제 대학교도 있었다. 근처 건물들의 일층은 주로 식당과 카페가 많았고, 휴대폰 점포와 옷집, 분식집, 빵집이 군데군데 들어서 있었다. 가게 옆 상가에는 일본식 돈가스집이, 그 옆 상가에는 도넛 가게와 보세 옷집이 위치했다. 내가 담배를 피우는 곳은 상가와 상가 사이의 빈 공간이었다. 남자 손님이 가게로 들어갔다. 나는 꽁초를 버리고 남자를 따라 가게로 들어섰다. 잠시만요. 두리번거리던 남자가 몸을 돌렸다. 목덜미에 흉터가 있던 그 남자였다. 나는 구강세정제로 입을 헹군 후 남자 앞에 섰다. 손님들을 다 기억할 수는 없지만, 이 남자는 단번에 알아봤다. 지난주에 꽃잎만 사갔던 남자였다.

"배달도 하시죠?"

"네. 배송료 지불하셔야 하고요. 무슨 날인가요?"

"특별한 날은 아니고, 그냥 꽃을 좀 보내고 싶어서요."

꽃을 건네는 데에 꼭 특별한 날이어야 한다는 건 나의 선입관이 아니라, 손님들에게 길들여진 습관적인 질문이었다. 나는 가격대와 원하는 분위기를 물었다.

"받는 분에게 처음 하는 선물이신가요?"

"처음은 아닌데, 좀 특별했으면 좋겠어서요. 아, 잠시만요."

남자의 전화가 울렸다. 몸을 돌려 전화를 받는 남자의 목덜미가 전체적으로 붉었다. 딱지가 떨어진 지 얼마 안 되었는지 선홍빛 생살이 핏물처럼 올라오고 있었다.

남자를 선명하게 기억하는 이유는, 사실 그가 꽃잎을 사갔던 손님이어서만은 아니었다. 남자의 목덜미에 있던 상처 때문이었다. 남자가 처음 가게에 왔을 때, 그의 목덜미에는 굵고 거친 상흔이 선명했다. 상처 난 지 얼마 안 되어 군데군데 피딱지가 엉겨붙어 있고 붓기도 남아 있던 상태였다.

그사이 딱지가 떨어진 것이다. 붉은 새살로 뒤덮인

것이지만 분명 표면은 얼룩덜룩할 것이었다. 딱지가 떨어져도 원래와 다른 자국이 남을 터였다. 상처란 그렇게 분명한 표식으로 그 흔적을 남기는 법이었다.

나는 타인의 흉터를 빤히 쳐다보는 버릇이 있었다. 그건 내 얼굴의 화염상모반 때문이었다. 누구든 상처가 있다. 상처에서 흐르던 피가 굳고 딱지가 내려앉고, 딱지가 떨어진 자리에 솟은 새살이 바로 상처를 반추하게 하는 흉터였다. 그래서 나는 사람들의 흉터를 유심히 관찰하곤 했다. 어쩌다 그랬을까 상상하기도 하고, 아물기까지 얼마나 걸릴 지 혼자 추측해보기도 했다. 때로 커다란 흉터나, 흉하게 일그러진 흉터를 보면 나도 모르게 안도가 되기도 했다. 세상에 나만 흉터가 있는 게 아니었으니까. 남자가 전화를 끊었다. 나는 꽃냉장고를 열어 이미 만들어놓고 판매하는 다발들을 가리키며 가격대를 설명했다.

“저렇게 화려하지 않았으면 좋겠어요. 노란색 톤으로 작은 묶음이면 좋겠는데. 저건 무슨 꽃이죠?”

“거베라라는 꽃이에요. 다발의 크기는 어느 정도로 생각하시는데요?”

"한, 이 정도?"

남자가 두 손으로 동그라미를 만들었다. 남자의 손가락은 마디가 곧고, 손톱이 동그랬다. 나는 노란색 거베라 다섯 줄기와 프리지어 네 줄기, 흰색 튤립 두 줄기를 꺼내 남자 앞으로 내밀었다. 이 정도면 되겠어요? 남자가 고개를 끄덕였다.

"이렇게 작은 것도 배달해주시나요?"

"그럼요."

"포장이 과하지 않으면 좋겠어요."

나는 키 차이를 둔 거베라 세 줄기를 가볍게 쥐고, 다른 꽃줄기를 원래의 줄기에 감싸듯 둥글게 말며 하나씩 꽃을 잡았다. 채도가 다른 노란색들과 흰색으로 구성된 다발이 되었다. 초록의 레몬 잎으로 마무리를 했다. 포장지 대신 오피피필름으로만 감쌌다. 내가 미색과 초록색 리본을 대보는데 남자가 불쑥 사랑스럽네요,라고 말했다.

"그럼 직접 전하시겠어요? 뒀다가 퇴근길에 찾아가셔도 되어요."

"오늘 좀 늦어서요."

남자가 주소를 적어주며 대답했다. 가게에서 멀지 않은 주상복합아파트였다. 직접 배달이 가능한 곳이었다. 나는 초록색 리본을 골랐다. 꽃다발을 받아든 남자가 빙그르 돌려보며 모양을 꼼꼼하게 살폈다.

"참 예쁘네요."

손님에게 들을 수 있는 최대의 찬사가 바로 예쁘다는 말이었다. 그 말을 들을 때마다 나는 엄마를 떠올렸다. 꽃다발을 받아든 손님에게 예쁘다는 말을 들으면, 엄마는 마치 자기에게 예쁘다고 한 것처럼 얼굴을 붉히며 부끄러워했다. 손님이 화원을 나가면, 그제야 엄마는 마음놓고 환한 웃음을 지었다. 집에서는 좀처럼 볼 수 없는 표정이었다. 어느 날인가, 나는 엄마에게 물었을 것이다. 꽃이 예쁘다는 말이 그렇게 좋아?

"엄마를 칭찬하는 말처럼 들려서 행복하거든."

하지만 나는, 내가 만든 꽃이 예쁘다고 해서 행복하다고 느껴본 적이 없었다. 예쁜 꽃다발은 원래 꽃이 예뻐서이거나, 예쁘게 보이기 위해 규칙을 잘 지켜 묶었기 때문이었다. 그저 일정한 틀에 맞춰 줄기를 자르고 이파리를 떼어내 꽃을 묶는 행위일 뿐이었다.

나는 카드를 받아 결제를 하고 배송지를 한 번 더 확인했다. 가게를 나서는 남자의 등에 대고 감사하다는 인사를 했다. 남자가 시야에서 사라지고 난 뒤, 꽃다발에 넣어둔 메모지를 열어보았다.

'언제나 미안하다. 영흠.'

영흠. 그것이 남자의 이름이었다.

혜조가 돌아온 건 오후 무렵이었다. 다 팔지 못하고 남긴 꽃다발 다섯 개는 다시 들고 왔다. 나는 나갈 차비를 했다. 꽃포장가방에 배달할 꽃을 담았다.

"다시 들어오실 거예요?"

"그래야지."

2월은 졸업식과 밸런타인데이가 있어 어떻게든 가게 문을 오래 열어두는 것이 이득이었다. 제사를 마치고 다시 가게로 돌아와야 했다.

"나 기다리지 말고, 시간 되면 알아서 퇴근해."

네! 혜조가 모자를 건네면서 크게 대답했다. 나는 모자를 받아 깊게 눌러썼다.

바깥에 나설 때는 언제나 모자를 썼다. 어지간한 거

리는 걸었고, 되도록 버스나 지하철을 타지 않았다. 직접 꽃 배달을 할 경우에는 택시를 이용했다. 택시기사들은 꽃향기가 좋다고, 무슨 꽃이냐고, 선물받은 것이냐고 묻곤 했지만, 나는 언제나 목적지만 말하고 입을 다물었다. 내릴 때까지 차창 밖만 쳐다봤다. 걸을 때도 항상 고개를 숙여 땅을 쳐다봤다. 내 얼굴의 검고 붉은 화염상모반은 어느 장소에서든, 누구에게든 한눈에 띄었다.

주상복합아파트 앞에 섰다. 하늘을 향해 치솟은 건물의 그늘 안에 들어서니, 괜히 어깨가 움츠러들었다. 주소는 이십칠층이었다. 이렇게 높은 데서 살면 하늘도 잘 보이겠지. 낮에는 도로의 빼곡한 차들이 장난감처럼 보이고 밤이면 축제처럼 현란한 도시의 불빛을 마주할 수 있겠지. 반지하방에서 사는 나로서는 드라마나 영화에서나 볼 수 있는 풍경일 터였다. 이런 곳에서 사는 사람들의 일상은 어떠할까. 그들도 분명 세 끼 밥을 먹고, 돈을 벌며, 번 돈으로 생계를 유지할 텐데. 그런데도 그들은 분명 나와 다를 것이다. 끼니를 위해 먹는 나와 달리, 먹고 사는 것이 전부인 나와는 달리, 양질의 식사를 하고, 여가시간을 누리며 살겠지. 평상시에도 꽃을 선물하는 사람들은 나와 다른 부류들일 것이었다.

입구에서 세대호출버튼을 눌렀다. 누구세요. 목이 꽉 잠긴 여자 목소리였다. 꽃 배달입니다. 나는 렌즈를 응시했다. 저쪽에서만 내 얼굴이 보일 터였다.

"누가 보냈는데요?"

"영흠 씨라고만 적혀 있습니다."

곧바로 문이 열렸다. 이십칠층까지 올라가는 엘리베이터 속도가 무척 빨랐다. 엘리베이터 도착음이 들리자마자 현관문이 열렸다. 앙상하게 마른 여자가 불쑥 나타났다. 여자에게 꽃을 내밀었다. 뼈다귀 같은 마른 손이 꽃다발을 채가듯 받아들었다. 쾅, 현관문이 요란한 소리를 내며 닫혔다.

철문은 여닫을 때마다 삐거덕댔다. 초록색이었던 철문은 이제 잔뜩 녹이 슬어 제 색이 가늠되지 못했다. 아버지가 초록색 칠을 하던 날은 동짓날이었다. 점집에서 또 뭘 듣고 왔는지, 할머니는 해가 바뀌기 전에 대문에 붉은 기운을 없애야 한다며 아버지를 닦달했다. 할머니의 말이라면 무엇이든 응하는 아버지였다. 그 당시 우리 집 철문은 자주색이었다.

매서운 바람이 불고 눈발이 흩날렸다. 팥죽을 끓이던 할머니가 아버지를 불러오라고 시켰다. 팥죽 드시래요. 아버지가 붓을 페인트 통에 비스듬히 얹어두고 집 안으로 들어갔다. 철문은 윗부분부터 초록색으로 칠해지고 있었다. 나는 붓을 들었다. 초록색 페인트가 뚝뚝 떨어졌다. 손가락을 살짝 대봤다. 손가락 끝에 초록색이 묻었다. 손가락을 조금 더 넣어봤다. 차갑고 미끌거렸다.

손가락에 묻은 페인트로 대문에 내 이름을 썼다. 양선화. 페인트가 부족해 마지막 글자까지 쓸 수 없었다. 다시 손가락에 페인트를 묻혀 완성했다. 다 쓰고 보니 화, 만 진하게 써졌다. 다시 페인트를 묻혀 이번에는 언니 이름을 썼다. 양연화. 한 글자씩 쓸 때마다 손가락에 새로 페인트를 묻혔다. 엄마와 아버지의 이름을 차례대로 써나가는 사이 양손에 페인트가 잔뜩 묻었다. 손바닥을 대문에 찍어봤다. 찍힌 열 손가락이 마치 초록색 꽃처럼 보였다. 페인트 통에 손을 담갔다가 대문에 찍어갈수록 자주색 대문이 초록색으로 바뀌었다. 나는 초록색 손바닥을 물끄러미 쳐다보다가, 오른쪽 얼굴에 문질렀다. 대문처럼 내 얼굴의 자주색도 바뀔 수 있을 것 같았다. 엄마! 언니의 고함 소리에 놀란 내가 넘어지면서 페인트 통을 발로 찼다. 어느새 내 앞에 서 있던 언니가 엄마와 아버지를 요란하게 불러대기 시작했다.

식구들은 모두 철문 안쪽에 서서 나를 내려다보고 있었다. 어느 누구도, 어떤 말도 하지 않았다. 전부 쏟아진 페인트 사이에 주저앉아 있던 나의 얼굴은 온통 초록색 범벅이었다. 얼룩덜룩한 철문 밖에는 나 혼자였다. 나는 아홉 살이었다.

그 겨울에 칠해진 초록색 철문은 그 뒤로 다시 색을 입히지 않았다. 시너로 양손과 얼굴의 초록색을 다 지우기도 전에 할머니는 다시 점집을 찾아갔다. 굿을 했던 건 음력 선달, 엄마가 죽은 건 입춘대길이라고 쓴 종이를 붙인 다음날이었다.

철문 안으로 들어서자 기름 냄새가 났다. 내가 태어나고, 자라고, 떠난 집이었다. 엄마가 죽고, 언니가 결혼을 하고, 할머니가 죽고, 여전히 아버지가 살고 있는 집이었다. 대학에 입학하면서 집을 떠난 뒤로는 일 년에

서너 번만 들르는 집이었다. 두 번의 명절과 아버지 생일. 할머니가 죽고 언니가 엄마의 제사를 모신 이후로는 네 번이 되었다. 동네는 변한 게 없고, 집도 마찬가지였는데, 들를 때마다 매번 남의 집 같았다.

아버지 앞에는 소주와 김치, 동태전이 놓여 있었다. 그 옆에 앉아 있던 조카애가 텔레비전에서 시선을 떼지 않은 채 제 엄마만 불렀다. 나는 신발도 벗지 못하고 그 자리에 우뚝 섰다. 지난 설 이후 한 달 만이었는데, 그 사이 아버지는 다른 사람이 되어 있었다. 원체 마른 몸이었는데, 기이하게 배만 산처럼 불쑥 솟아 있었다. 마치 임산부처럼 벽에 기대앉은 모습이 생전 처음 본 낯선 사내처럼 느껴졌다. 뿐만 아니었다. 내 인기척에도 고개를 돌리지 않았다. 눈에 초점도 없었다. 잔에 소주를 따르는 아버지의 손이 덜덜덜 떨렸다. 바닥에는 이미 흘린 술로 흥건했다. 언니가 부엌에서 제기와 마른 행주를 든 채 얼굴을 내밀었다.

"아버지! 선화 왔어요!"

아버지는 덜덜 떨리는 손으로 잔을 들어 입에 털어넣었다. 아버지! 언니가 다시 한번 아버지를 불렀는데도 아버지는 못 들은 사람마냥 다시 잔에 소주를 따랐다.

제사상은 단출했다. 밥, 국, 두어 가지 전과 생선, 밤과 대추, 과일 몇 가지. 제수의 양은 적었지만 모양새는 정갈했다. 형부는 바빠서 못 온다고 언니가 혼잣말처럼 중얼거렸다. 지난 명절 때도 못 봤던 터였다. 화가 난 사람처럼 늘 입을 꾹 다문 사람이어서 안 보이는 게 오히려 편했다. 언니와 내가 술을 올리고 난 뒤에, 조카애가 건성으로 절을 했다. 아이의 까만 정수리가 형광등 불빛에 반짝였다. 아버지는 계속 그 자리에 앉아 잔을 채우고 비우기를 반복했다.

음복 상 앞에서 언니가 아버지의 손에 수저를 쥐여주었다. 아버지가 탕국에 손을 뻗었다. 입에 들어가는 것보다 흘리는 게 더 많았다. 조카애는 밥을 먹으면서도 텔레비전에서 눈을 떼지 못했다. 나는 아버지를 쳐다보느라 수저를 들지 못했다.

"그냥 먹어."

언니의 음식은 대체로 간이 약했다. 할머니가 살림을 맡아 했던 건 고작 칠 년밖에 안 되었는데도 그때 길들여진 입맛이 변하지 않았다. 언니는 결국 아버지에게 밥을 먹였다. 숟가락을 들이미는 대로 받아먹는 아버지를 보고 있자니, 기가 찼다. 나는 수저를 내려놓았다. 조카애가 나를 힐끔 쳐다봤다. 아버지가 컥컥거리더니, 입 안에 있던 음식을 모조리 뱉었다.

"웩, 더러!"

조카애가 벌떡 일어났다.

"다 먹었으면 방으로 들어가."

"게임해도 돼?"

"한 시간만."

언니가 주머니에서 전화기를 꺼내 내밀었다. 냉큼 받아든 조카애가 방으로 뛰어들어갔다.

"도대체 무슨 일이야?"

언니는 대답도 하지 않고 아버지의 입을 닦아준 뒤 물을 먹였다. 그리고 자리를 펴 아버지를 눕혔다. 아버지는 부른 배를 씰룩이며 눈만 껌벅였다. 눈은 뜨고 있었지만, 아무것도 못 보는 사람 같았다. 아무것도 듣지 못하는 사람 같기도 했다. 아버지를 한참 내려다보던 언니가 입술을 지그시 깨물었다. 그리고 나를 향해 돌아 앉았다.

"담배 있니?"

언니의 왼쪽 얼굴에 빗금처럼 그어진 흉터 자국이 유난히 더 도드라져 보였다.

언니가 싸준 동태전을 비닐째 뜯어 바닥에 펼쳤다. 소주를 단번에 털어넣고 차갑게 식은 전을 집어먹었다. 텔레비전을 틀어 지난밤에 보던 영화를 이어 보기 시작했다. 연쇄살인범은 범행을 저지른 뒤에 꼭 자신의 표식을 남겼다. 시체의 얼굴을 칼로 그은 뒤, 상처에서 배어나온 피를 채취했다. 피를 들여다보는 범인 얼굴 위로 바퀴벌레 한 마리가 기어올랐다. 사람이 있어도, 불빛이 있어도 개의치 않는 바퀴벌레들은 제 마음대로 돌아다녔다. 나는 이제 바퀴벌레를 잡지 않는다. 잡아도 잡아도 다시 나타나는 것들이었다. 어떻게든 살아남는 저것들의 본능을 나는 당해낼 수 없었다. 포기가 가장 현명한 선택이었다.

새벽에 농장에 가야 했다. 봄이 되면 화분을 찾는 사람들이 많아졌다. 자갈과 흙도 필요했다. 나는 병준에게 전화를 걸었다. 아무래도 새벽에 못 일어날 것 같았다. 병준의 목소리는 언제나 똑같았다. 자고 있었을 텐데도 내색하지 않았다.

— 새벽에 못 갈 것 같아서.

— 알았어. 불러봐.

— 배양토 중간 거 두 개, 마사토는 큰 거 세 개. 자갈도 없는데……

— 그건 내가 알아서 챙겨갈게.

— 황토볼도 없어.

— 화분이나 식물은?

나는 메모지에 적어두었던 것을 죽 불렀다.

— 시간은?

— 아무 때나.

전화를 끊으려는데, 병준이 덧붙였다.

— 자려고 해봐. 술 더 마시지 말고.

나는 대답하지 않았다. 바퀴벌레는 어느새 동태전 위로 기어올라 더듬이를 분주히 움직이고 있었다. 나는 전이 담긴 비닐을 저만치 툭 던졌다. 반 남은 소주병의 뚜껑을 닫고 누웠다. 텔레비전 속의 연쇄살인범이 다음 범행을 저지르려는 참이었다. 나는 텔레비전을 켜둔 채 눈을 감았다. 음산한 음악이 방 안에 울렸다.

스무 살이 되면서부터 혼자 살았다. 집을 벗어났다는 것만으로도 세상을 다 얻은 것 같았다. 그러나 그 기분은 오래가지 않았다. 매달 월세와 생활비를 대기 위해 하루도 쉬지 않고 아르바이트를 했다. 늙은 교수의 강의를 들을 때는 졸았고, 젊은 교수의 농담에는 함께 따라 웃지 못했다. 친구가 없었던 건 아니었지만, 그들과 제대로 어울릴 시간이 없었다. 나는 늘 피로했다. 학자금대출을 받았지만 그것은 미래를 담보 잡힌 빚이었다. 몇 번의 휴학을 거쳐 대여섯 아래의 학번들과 함께 졸업했다.

졸업을 했지만 취업은 불가능했다. 생산직에서 일하기 위해서 힘겹게 사 년제 대학을 나온 게 아니었다. 그럴 것이었다면 이십대를 허비하면서 대학을 나와야 할 이유가 없었다. 내가 기댈 곳은 학벌밖에 없었지만, 그것은 사회가 원하는 조건이 아니었다. 큰 회사를 원한 것도 아니었다. 박봉이어도 좋으니 매달 고정적인 월급과 사대보험이 되는 직장. 그것이 내가 바란 회사였다. 하지만 나는 단 한 번도 서류전형을 통과하질 못했다.

증명사진을 붙이지 않는 이력서라면 모를까 애초부터 불가능한 일이었던 것이다. 십오 년이면 혼자라는 것이 익숙해질 법도 했다. 하지만 언제나 생각처럼 되는 일은 하나도 없었다. 익숙해졌지만 그만큼 혼자라는 사실을 더욱 분명히 확신할 뿐이었다. 외롭다거나 고독하다는 느낌이 아니었다. 결핍, 부족, 불충분이라는 단어에 흡사한 상태였다. 병준에게 다시 전화를 걸까 하다가 말았다. 이 시간에 불러봤자 병준과 할 수 있는 건 몸을 섞는 일밖에는 없었다. 분명 그것만으로도 충분할 때가 있었다. 하지만 지금은 아니었다. 제사를 끝내고 언니가 내뱉은 미안하다는 말이 내내 머릿속에서 떠나지 않았다. 언니는 결코 미안하다는 말을 할 사람이 아니었다.

담배를 찾던 언니를 따라 부엌 뒷문으로 나갔다. 건넨 담배를 받아든 언니가 급하게 담배를 입에 물었다. 언니는 깊은 한숨처럼 담배연기를 내뱉었다. 필터까지 바짝 다 피운 다음에야 입을 열었다.

"미안하다."

언니는 내 눈을 제대로 쳐다보지 못했다.

“밑도 끝도 없이 무슨 말이야?”

“진작 말했어야 했는데.”

“뜸들이지 마.”

이야기는 짧고 간결했다. 형부가 하던 빵집이 문을 닫은 건 작년이었다. 대출을 받아 프랜차이즈 제과점을 열었지만 그마저도 문을 닫았다. 우후죽순 빵집이 들어서던 때였다. 재기를 하겠다고 사업설명회를 따라다니더니, 투자금이 필요하다면서 아버지 집을 담보로 빚을 졌다. 사채도 끌어들였다. 더 듣지 않아도 뻔했다. 그마저도 날렸다는 이야기였다. 나도 담배를 물었다.

“그래서?”

“집이 넘어갈 것 같아.”

“형부는?”

종적을 감췄다는 것이다.

“그래서 아버지가 저렇게 된 거야?”

간암 판정을 받은 게 이태 전이라는 걸 언니도 얼마 전에야 알았다는 것이다.

“상태가 심상치 않던데?”

“치료도 안 받고, 수술도 안 하고, 그냥 혼자 저러고

사셨으니까.”

“병원비 없어서?”

“응.”

“그런데 언니는 집 날려먹고?”

“형부가.”

“형부나 언니나.”

“미안해.”

“알았어.”

“얘……”

“미안하다니까 알았다고. 그럼 됐잖아. 나보고 뭘?”

“어쩌라는 게 아니라……”

“지금 나더러 돈 내놓으란 거야?”

“무슨 말을 그렇게 하냐?”

“아니야? 그러니까 미안하네 어쩌네 하겠지. 아니면 지금처럼 닥치고 알아서 살어. 너 혼자 다 해먹으라고.”

언니가 고개를 숙였다. 나는 집어던진 담배꽁초를 짓이겼다.

“아버지 죽으면 이 집 너 가져”

“이까짓 거……”

"양심이 있으면 나까지 빚더미에 끌어들이진 않겠지."

언니가 입을 다물었다. 그게 더 부아가 돋았다.

"아, 씨! 답답해! 말을 해, 말을! 어쩌란 말이야, 그럼! 아버지가 평생 번 돈으로 언니 성형시켜주고, 대학보내고, 하다못해 엄마 가게였던 꽃집까지 팔아서 언니 시집보내는 동안 나는 스무 살 때부터 혼자 먹고살았어. 몰라서 그래? 그래도 아버지한테 생활비 보낸 건 나야. 그랬으면 됐지. 이제 와서 같이 자식 노릇 하자는 거야? 언니 얼굴에 상처낸 거 때문에 내가 평생 죄인처럼 살았잖아. 그랬으면 됐지, 이제 와서 언니네까지 내가 책임져? 왜? 내가 왜! 형부 잘못이면 시가로 가. 거기서 살려달라고 해. 왜 나한테 생떼야!"

언니가 기어이 눈물을 보였다.

"내 말이 틀렸어? 아, 왜 울어!"

"아버지 어떡해……"

"지랄한다. 지금 아버지가 문제니? 짐 하나 덜게 된 마당에 차라리 잘됐지."

언니는 더 이상 대꾸를 못했다. 내 말에 언니도 수긍

한다는 뜻이었다. 나는 마른세수를 했다. 오른손에 느껴지는 우툴두툴한 촉감에 화가 솟구쳤다. 마음 같아서는 칼로 다 도려내고 싶었다. 모두 다 내 얼굴 때문인 것 같았다. 나는 눈을 부릅뜨고 언니에게 말했다.

"아버지는 언니가 끝까지 책임져. 나한테 돈 얘기는 꺼낼 생각도 말고!"

언니가 고개를 끄덕이며 계속 눈물을 흘렸다.

"자꾸 울래? 뭘 잘했다고 질질 짜, 짜기는! 진짜 등신처럼!"

화염상모반

"이 등신아."

어깨를 들썩이던 언니가 나를 향해, 등신! 이라고 입 모양으로 말했다. 동네 애들에게 놀림을 받고 돌아온 내가 엄마에게 안겨 울고 있을 때였다.

"뚝. 자꾸 울면 더 아파. 이제 그만 울자. 응?"

엄마가 내 등을 쓰다듬으며 나를 달랬다. 언니가 엄마의 등을 향해 노려보았다. 얼굴 때문에 아이들에게 놀림을 받는 건 하루이틀 일은 아니었다. 엄마가 시키는 대로 집 밖에서 놀지 않는 나였지만, 그렇다고 학교

마저 안 갈 수는 없었다. 아이들은 선생님의 눈을 피해 소리 없이 야유의 시선을 보냈고, 등하굣길에는 모르는 아이들에게조차도 조롱의 대상이 되곤 했다. 오히려 아무 놀림도 받지 않은 날이면 더욱 극심한 공포에 시달릴 정도였다. 그만큼 나의 얼굴은 어린아이가 감당하기 힘들 정도로 심각한 상태였다. 얼굴의 반, 오른쪽 얼굴의 거진 전부가 붉은색이었다. 오른쪽 입술과 오른쪽 콧멍울, 오른쪽 눈두덩은 왼쪽에 비해 현저히 돌출되어 더욱 검었고, 오른쪽 귀와 오른쪽 이마는 부숭부숭한 짧고 검은 털로 덮혀 있었다. 그러니 아침이면 학교에 가기 싫다고, 집에 돌아와서는 오늘도 놀림을 받았다며, 매일매일 엄마에게 안겨 울 수밖에 없었다. 그럴수록 언니는 나를 고깝게 쳐다봤다. 엄마의 품은 언니에게 열린 적이 없었다. 아니, 열릴 틈이 없었다. 할머니 말처럼 나는 늘 엄마 치마폭에 숨어사는 아이였기 때문이었다.

언니는 식구들 앞에서는 착하고 순종적인 아이였다. 무엇이든지 내 것부터 챙겼고, 무엇이든지 나와 똑같이 나눠 가졌다. 언제나 우리 선화,라고 나를 불렀다. 하지만 나와 단 둘이 있을 때의 언니는 전혀 다른 아이로 변했다. 나를 놀려대는 아이들보다 더 그악스럽게 나를 몰아세웠다.

얼굴에 똥딱지 붙이고 사니까 좋냐? 야, 파충류 외계인! 괴물처럼 생긴 주제에 착한 척하지 마! 네가 등신처럼 생겨서 친구가 안 생기는 거야! 할머니 하는 말 들었지? 넌 평생 그 얼굴로 살아야 해! 언니의 악담은 결국 나 때문이라는 결론으로 끝났다.

“너 때문에 내가 얼마나 짜증나는지 알아? 너 같은 걸 동생으로 둬서 애들이 나까지 놀리잖아! 난 멀쩡한 얼굴인데, 왜 나까지 놀림받게 해! 다 너 때문이잖아! 이 괴물, 등신아!”

따지면 열한 살도 어린 나이다. 지금 생각해보면 이해가 안 될 것도 없다. 하지만 열한 살 언니의 악담을 매일 들어야 했던 나는 더 어린 아이였다. 나는 언니가 무서웠다. 식구들에게 천연덕스럽게 연기를 하고, 감쪽같이 거짓말을 하는 언니의 본래 모습을 나만 알고 있다는 사실이 두려웠다. 가증스럽게 영특하고 잔인한 언니는 섬뜩한 존재였다. 그날도 그런 날이었다. 언니의 손에는 수학경시대회 상장이 쥐여져 있었지만 엄마는 나를 안고 있었던 것이다. 엄마를 노려보던 언니가 어느새 나를 향해 비죽 웃었다.

다음날, 책가방 속에는 꽃꽂이에 쓰이는 화침 네 개가 들어 있었다. 책과 공책, 필통은 없었다. 언니가 한 짓이었다. 짝이 내 가방을 흘깃 보더니, 큰 소리로 소리쳤다. 야! 양선화 가방 봐라! 아이들이 우르르 몰려들었고, 손이 빠른 남자애 하나가 화침을 꺼내 들었다.

"이걸로 니 얼굴 문질렀냐? 그래서 그렇게 된 거냐?"

나를 향해 킬킬대는 웃음소리와 여기저기서 작정을 한 듯 내 얼굴을 놀리는 말소리가 점점 더 커져갔다. 누구 하나 아이들을 말리지 않았고, 누구 하나 내 편을 들어주지 않았다. 입을 벌린 가방 속에 담긴 화침들은 쇳덩이처럼 무겁고 날이 뾰족했다. 나는 화침을 하나 꺼내들었다. 입을 꾹 다물고 화침을 든 손을 높이 치켜든 채 아이들의 얼굴을 하나하나 노려봤다. 몰려들었던 아이들 몇몇이 슬금슬금 뒤로 물러섰다.

나는 화침을 든 채 교실을 나섰다. 아이들이 내 뒤를 따라왔다. 계단을 오르고, 복도를 지나 4학년 8반으로 성큼 들어갔다. 교실에 들어서자 앉아 있던 아이들이 모두 언니를 쳐다봤다. 나는 언니의 자리로 뚜벅뚜벅 걸어갔다. 언니는 팔짱을 끼고 내가 다가오는 걸 지켜보고 있었다. 어쩔 셈인데? 라는 표정이었다. 언니 앞에 멈춰 선 나는, 팔을, 번쩍, 들었다. 아이들의 비명 소리가 들렸다. 언니는 꿈쩍도 하지 않았다. 나는 언니의 얼굴에 화침을 내리찍었다.

할머니가 피 묻은 화침을 엄마 앞으로 내던졌다.

"봐라, 봐. 이게 저년이 한 짓이다. 이래서 앞으로 어떻게 살래? 저렇게 무서운 애를 어떻게 키울래! 집안에 멀쩡한 인간 겨우 하나 있던 걸 이 지경으로 만들어놨으니, 이제 어떡할 거냐, 응? 이래도 아픈 손가락이라고 싸고 돌거냐? 재 때문에 집안 꼴이 이 모양인 걸 아직도 모르겠어!"

엄마가 화침을 오래 노려보았다. 엄마 뒤에 앉아 있던 나는 무릎으로 기어 다가갔다. 엄마의 등이 들썩였다. 나는 가만히 엄마의 등에 얼굴을 댔다.

"저리 치워! 뭘 잘했다고! 저리 안 가!"

엄마가 나를 밀쳐냈다. 처음이었다.

"선화 혼내지 마세요. 난 괜찮아요."

얼굴에 붕대를 감은 언니는 식구들 앞에서 배시시 웃었다. 할머니가 언니의 등을 쓰다듬었다. 아버지는 언니 얼굴의 붕대를 다시 여며주었다. 엄마가 언니를 안았다. 언니가 늘 그래왔던 것처럼, 멀찍이 물러나버린 나는 오래도록 혼자 서 있었다. 언니가 나를 향해 빙긋 웃었다. 우리 소꿉놀이 할까? 언니가 내 손을 잡아끌었다. 방에 들어가 방문을 닫자마자, 언니는 내 손을 홱 뿌리쳤다.

"너 때문에 장님될 뻔했어, 미친년아."

나는 울먹이면서도 또박또박 받아쳤다.

"언니가 먼저 그랬잖아!"

"증거 있어?"

말은 그렇게 했지만, 언니는 이내 눈을 흘기며 목소리를 낮췄다.

"너 다른 사람한테 말하면, 가만 안 둬. 그랬다가는 그나마 나머지 멀쩡한 쪽에도 이렇게 똑같이 해놓을 거야, 알았어?"

언니가 자기 얼굴의 붕대를 잡아뗐다. 얼굴에 난 긴 상처에 검은 실이 듬성듬성 꿰매져 있었다. 내 가방에 왜 화침이 들어 있었는지 물어보는 사람은 없었다. 그저 모두들 언니가 의젓하다며 칭찬하고, 나를 무서운 아이라 몰아세웠다. 나는 언니의 눈을 똑바로 쳐다보며 낮게 대꾸했다.

"내 얼굴에 손대면 나도 네 얼굴에 또 똑같이 해놓을 거야!"

내가 언니의 얼굴을 그 지경으로 만든 이후, 할머니는 아예 대놓고 점집에 다녔다. 일어날 일이 일어났어. 그게 점쟁이의 첫마디였다고 했다. 용해, 용한 점쟁이야. 그렇지 않고서야 어떻게 그걸 다 알아맞히냐. 할머니는 침을 튀며 점쟁이의 영험함을 설명했다. 점쟁이는 엄마가 나를 가졌을 때 자라를 고아 먹은 것도 알아맞혔다는 것이다. 엄마가 낮게 신음 소리를 내뱉었다. 영물인 자라를 먹은 잘못으로 벌을 받게 되었다. 그래서 내 얼굴에 점을 가지고 태어나게 된 것이다. 그 점이 귀신을 불러들이고, 귀신들 때문에 식구들이 하나둘씩 앓게 된다. 내 붉은 점은 집안을 말아먹을 불운의 징조다.

그러니 그 점을 없애야 한다. 없앨 수 없다면, 부적을 쓰고 굿을 해야 한다. 그래야 귀신들을 달래고 내보낼 수 있다는 것이었다.

"자라를 먹인 건 어머니시잖아요."

아버지가 엄마의 무릎을 쿡 찌르며 헛기침을 했다. 엄마가 입술을 잘근잘근 씹었다.

나보다 이태 먼저 태어난 언니는 잔병치레가 많았다. 산모가 건강하지 않아서 그렇다는 이야기를 입에 달고 살던 할머니는 엄마가 나를 가지자마자 어디서 주워들었는지 자라를 구해왔다는 것이다. 어미가 건강해야 새끼도 튼실하다는 이유 끝에, 아들을 낳는 묘약이라는 말도 했다. 자라를 오래 고아 엄마에게 먹인 건, 분명 할머니였다. 그런데 그 벌을 내가 받아야 한다는 것이다. 원인을 제공한 할머니는 등신을 낳은 엄마를 몹쓸 몸뚱이로 치부하고, 흉물인 나를 집안의 원흉으로 몰았다. 불쌍한 건 자기 아들이고, 언니뿐이었다.

"말도 안 돼요!"

입을 연 엄마를 할머니가 노려봤다.

"연화 얼굴을 보고도 그런 말이 나오냐?"

아무도 할머니를 이길 수 없었다.

“그럼 어머니는요? 다릿병 앓는 아들 낳으셨으면 얼른 부적부터 쓰시지 뭐 하다가 그것도 못해서 쫓겨나셨대요?”

말이 끝나기가 무섭게 아버지가 엄마의 뺨을 올려쳤다.

“잘 맞았다! 아범, 잘 들었지? 네가 지금 저런 여편네랑 살고 있는 거야. 정신 똑바로 차려. 서방 잡아먹을 년이라잖아. 맞네, 맞어.”

아버지는 할머니가 떠들어댈수록 엄마의 뺨을 쳐댔고 결국 아버지가 먼저 울음을 터트리며 주저앉았다. 그 광경을 방에서 훔쳐보고 있던 나에게 언니가 이죽대면서 말했다.

“봐. 다 너 때문이잖아.”

나는 어쩌지 못한 채, 그저 부들부들 떨었다. 그러다 나도 모르게 내 얼굴을 내 손으로 때리기 시작했다. 오른손으로 내 오른쪽 얼굴을 칠 때마다 내가 세상에서 사라지기를, 제발 이 자리에서 사라지게 해달라고 빌었다. 짝, 짝, 짝, 짝, 소리가 반복될수록 짝, 짝, 짝, 감각은 무뎌지고 짝, 짝, 눈물도 흐르지 않았다. 멀리 언니의 웃음소리가 들렸다. 어느샌가 엄마가 내 이름을 부르며 나를 흔드는 것 같았지만 나는 하나도 기쁘지 않았다. 사라질 수 없다는 것이 너무 절망스러웠다. 그렇게 나는 정신을 잃고 쓰러졌다. 결국 할머니 소원대로 부적을 쓰고 굿을 하기로 했다. 집 안에 붉은 글씨들이 여기저기에 붙었다. 그 글씨들이 내 잘못을 꾸짖는 것 같아서 무서웠다. 집에 들어가기가 싫었다.

나는 학교가 끝나면 집이 아니라 엄마의 꽃가게로 숨어들었다. 엄마는 더 이상 내게 살갑게 대하지 않았다. 나도 더 이상 엄마 앞에서 울지 않았다. 그래도 엄마의 꽃가게가 좋았다. 꽃 냄새, 풀 냄새, 엄마의 분 냄새, 심지어 비릿한 물 냄새도 좋았다. 무엇보다도 엄마의 온화한 표정을 볼 수 있어 좋았다. 손님에게 꽃다발이 예쁘다는 말을 들은 날에는 엄마의 웃는 얼굴도 볼 수 있었다. 그래서 나는 매일 손님이 많이 오길 바랐다.

나는 엄마의 꽃가게에서도 혼자였지만, 집에서 볼 수 없는 예쁜 엄마를 나 혼자 독차지하고 있는 것 같아 그것만으로도 충분했다. 그래도 심심할 때면 나는 엄마에게 묻곤 했다. 엄만 무슨 꽃을 제일 좋아해? 수국. 왜? 아빠가 엄마에게 제일 처음 선물했던 꽃이었거든. 엄마는 왜 꽃을 좋아해? 엄마가 아주 나긋한 목소리로 대답했다. 꽃은 아무 말을 안 하니까. 나는 무슨 말인지 알 것 같았다. 그래서 나도 입을 꾹 다물었다.

언니 얼굴의 상처는 아물어갔다. 그럴수록 엄마는 죄인처럼 고개를 숙였고, 나는 완벽한 외톨이가 되었다. 언니의 얼굴이 그렇게 된 이후로 누구도 나를 놀리지 않았다. 나는 졸지에 무서운 아이가 되었고, 함부로 쳐다봐서도 안 될 아이가 되었다. 사람들은 적어도 내 앞에서만큼은 내 이야기를 하지 않았다. 언니마저도 더 이상 나에게 이중적인 모습을 보이지 않았다. 궁지에 몰렸을 때 정말 고양이를 물어버린 쥐가 돼버렸으니 아무도 나를 건들지 않았다. 그렇게 나는 평온해지는 방법을 혼자 배우게 된 셈이었다.

"꽃이 별로 안 싱싱하네."

중년 여자가 꽃냉장고를 열어 꽃잎을 만지고 있었다. 가게 입구에서 병준에게 물건을 받느라 여자를 말릴 겨를이 없었다. 꽃잎을 만지는 손님이 제일 싫다. 그건 어느 꽃집 주인이나 마찬가지일 것이었다. 나는 손님을 밀쳤다.

"그럼 다른 데 가세요."

여자가 눈을 치켜뜨며 나를 쳐다봤다.

"아니, 무슨 말을 그렇게 해?"

"꽃이 안 싱싱하다면서요? 다른 건 몰라도 꽃 보고 뭐라 하는 사람한테 저도 안 팝니다."

"아니, 안 싱싱하니까 별로라고 말한 거지, 멀쩡한데 그랬을까? 말 참 이상하게 받아치네."

그러면서 여자는 또 꽃잎을 툭툭 건드렸다.

"그만 만지라니깐요!"

나는 꽃냉장고를 소리내서 탁, 닫았다.

"아줌마 같은 사람에게 꽃 안 팔아도 장사 잘되니까, 나가세요."

여자가 기가 찬다는 표정을 짓자, 병준이 나섰다.

"손님, 다른 곳으로 가보셔야겠는데요. 저희 사장님이 꽃 하나는 최상급만 취급하시거든요."

"지금 내가 틀렸단 말이에요? 아저씨, 저거 보세요. 꽃잎이 시들시들하잖아."

"죄송합니다."

병준이 고개를 숙여 인사했다. 내가 소리쳤다.

"뭐가 죄송해?"

사장님도 참. 여자 앞으로 나서는 나를 병준이 막아섰다. 여자가 주춤 뒤로 물러났다.

"여기 아니면 꽃 못 사나? 아침부터 별것도 아닌 거한테, 내가 참."

"뭐? 다시 말해봐!"

여자가 도망치듯 가게를 나갔다. 따라나가려는 나를 병준이 잡았다.

"왜 말려. 저런 인간을 그냥!"

"너도 똑같은 인간 되는 거야. 참아."

"참긴 왜 참아!"

병준이 나를 빤히 쳐다봤다.

"어제 결국 못 잤구나?"

나는 고개를 돌려 병준이 내려놓은 물건들을 다시 확인했다. 수량을 확인하고, 영수증을 챙기는 사이 병준은 자갈과 흙 자루들을 종류별로 제자리를 찾아 옮겨주었다. 일을 다 마친 병준이 목장갑을 벗어 무릎에 탁탁

털었다. 부연 먼지가 피어올랐다.

"밥이나 먹자."

"생각 없어."

"새벽같이 불러놓고 밥도 안 먹여 보낼 거야?"

병준과 함께 살면 어떨까. 병준은 농장을 하고, 나는 꽃을 팔고. 저녁에는 한집에서 만나 같이 밥을 해 먹고, 같이 이부자리에 누워 하루 종일 있었던 일을 중얼거리다가 잠이 드는 일상. 그게 어려운 일은 아닌데, 병준은 나에게 같이 살자고 하지 않았다. 나 역시도 병준에게 그런 상상을 해본 적이 있다는 걸 드러내지 않았다.

혜조가 출근할 때까지 기다렸다가 병준의 트럭에 올랐다. 골목 안쪽에 위치한 해장국집으로 들어갔다. 늘 병준과 밥을 먹는 곳이었다. 병준이 주차를 하는 동안 나는 자리에 앉아 담배를 꺼내놓고 맥주를 시켰다.

병준은 뚝배기에 밥 한 공기를 툼벙 말았다. 그러고는 크게 뜬 밥 한 술을 입에 넣었다. 나는 맥주를 잔에 따라 단숨에 마셨다.

"밤에도 마셨으면서, 또?"

말은 그렇게 하면서도 병준은 내 앞의 빈 잔에 맥주를 따라주었다.

"잔소리 그만해."

"나는 잔소리 좀 들었으면 좋겠다."

"어머니는 좀 어떠셔?"

그제야 묻는 것도 멋쩍었지만, 안 물을 수도 없었다.

"다음주에는 퇴원하셔."

"치료는 잘되셨대? 후유증은 없으셔?"

형식적이지만 병준의 어머니의 안위를 물으면서 나는 아버지 걱정은 한 적이 없다는 게 떠올랐다. 아버지는 이미 가망이 없어서일까. 아니면 회한의 정서에라도 빠질까봐 지레 감정의 방어벽을 쌓는 걸까.

"머리카락 많이 빠지고, 어지럽다 하시고."

찾아봬야 하는데,라는 말은 하지 않았다. 병준도 바라지는 않을 것이었다.

병준과 달리 병준의 어머니는 몸이 호리하고 키가 컸다. 평생 손에 물 한번 안 묻힐 것처럼 생긴 여자였지만, 남편을 일찍 잃은 후에 혼자 몸으로 아들 셋을 키운 여자였다. 병준의 어머니와 형이 농장의 실무를 맡고, 병준이 영업과 배달을 했다. 지난해 병준의 어머니가 자궁암 진단을 받은 후로는, 병준의 삼형제가 모두 농장 일에 매달렸다. 어머니 간병은 형수와 제수가 하고 있다고 했다. 결혼을 못한 아들은 병준뿐이었다.

병준의 어머니와 예기치 않은 대화를 나누었던 것도 작년 이맘때였다. 어머니가 자궁적출수술을 앞두고 있다는 걸 나는 병준에게 들어 이미 알고 있었다. 병준이 트럭에 물건을 싣는 동안 병준의 어머니가 내게 커피를 건넸다. 오래 거래를 터온 곳이었으므로, 커피 한잔 같이 마시는 일이 남다른 일은 아니었다.

"우리가 거래 튼 지 몇 년 됐지?"

"제가 처음 가게를 시작한 게 서른이었으니까, 얼추 사 년 되었네요."

"그럼 선화 씨가 지금 서른넷?"

"네."

"시집갈 때 한참 지났네."

그때 병준이 비닐하우스로 들어왔다.

"궁금해서 그러는데……"

"네, 말씀하세요."

어머니 뒤에서 종이컵의 커피를 젓던 병준과 눈이 마주쳤다.

"얼굴은 왜 그래? 점인가? 흉터?"

사람들은 어지간해서 그런 질문을 하지 않았다. 친해지고 나서야 할 수 있는 질문이었고, 그마저도 조심스러워 꺼내지 않는 경우가 대부분이었다. 오히려 내가 먼저 말하면 했을까, 살면서 그런 질문을 받은 적이 거의 없었다. 병준에게도 내가 먼저 말하지 않았던가. 나는 병준을 빤히 쳐다봤다.

"실례되는 질문이었나?"

병준의 어머니가 대답을 재촉했다.

"점이에요. 화염상모반이라고."

"태어날 때부터?"

"네."

"유전인가?"

"아뇨. 엄마나 언니에게는 없어요."

"내려주는 유전도 아니고?"

"아니라고 알고 있습니다."

"확실한가?"

나는 다 마신 종이컵을 구겼다.

"기분 나빴다면 미안해."

"많이 듣는 질문이에요. 괜찮아요."

대답을 한 뒤, 나는 웃었다. 웃으면 화염상모반이 퍼져 있는 오른쪽 얼굴이 당겨서 더욱 일그러지는 얼굴이 된다는 걸 알지만, 안 웃을 수도 없었다. 병준이 헛기침을 했다.

"물건 다 실었습니다."

나는 자리에서 일어났다. 병준의 어머니가 성급히 말을 이었다.

"내가 좀 아파서 한동안 농장에 안 나와. 선화 씨 이제 못 보겠다. 잘 지내."

나는 완쾌를 바란다는 형식적인 인사를 하고 일어섰다. 비닐하우스를 나서는데, 유전은 안 된다……라는 병준 어머니의 혼잣말이 들렸다. 나는 아무것도 못 들은 사람처럼 비닐하우스를 나와 트럭에 먼저 올라앉았다. 병준을 기다리는 시간이 무척 길게 느껴졌다.

운전하는 동안 병준은 입을 열지 않았다. 나 역시 먼

저 입을 떼지 않았다. 가게에 도착할 무렵, 병준이 미안하다고 말했다.

"엄마한테는 자기 자식 허물은 안 보이나봐. 미안해. 마음에 두지 마."

"그렇지, 내 얼굴이 허물이기는 하지."

"그런 말이 아니잖아."

"됐어."

신호를 기다리는 동안, 병준이 나를 바라봤다.

"나는 상관없어."

병준이 내 얼굴에 손을 댔다. 울퉁불퉁한 얼굴을 만지는 병준의 손길을 나는 느낄 수 없었다. 바로 그것이 명백한 내 허물이었다. 병준의 상관없다는 말도, 결국 상관이 있다는 걸 전제로 한 표현이었다. 나는 병준의 손을 뿌리쳤다.

해장국집 앞에서 병준과 헤어졌다. 트럭에 올라탈 때마다 병준의 작은 키가 도드라져 보였다. 병준은 키가 작았다. 백오십센티미터가 채 못 되었다. 그 정도면 여자여도 작은 키였다. 그런데다 투덕투덕 살이 올라 기이하게 보이는 외형이었다. 함께 서 있으면 내 어깨 부근에 병준의 머리가 닿았다. 나보다 이십센티미터 정도 작은 셈이었다. 그러나 병준은 자기의 작은 키를 자신의 허물이라고 생각하지는 않았다.

“아버지가 작아서 내가 작은 건데, 이건 내 탓이 아니잖아. 내 책임도 아니고.”

바지를 살 때 말고는 불편한 게 없다고 했다. 나처럼 일 년 내내 모자를 쓸 이유도 없고, 어두운 색의 옷을 고집할 필요도 없었다. 나처럼 버스를 타거나 지하철을 타는 걸 두려워하지도 않았다.

단 한 번도 머리를 한 갈래로 묶거나 올려보지 못한 나와 다르다는 뜻이었다. 화장품이나 옷을 사러 가는 일이 나로서는 세상에서 가장 끔찍한 일이라는 걸, 호감을 느꼈던 이성에게 고백을 해본 적이 없다는 걸, 아니 그런 감정 자체를 인정하지 않고 살았다는 것을, 행복이라든지 결혼, 혹은 희망이나 미래 같은 단어를 상상해본 적이 없다는 걸, 여자로서 누리거나 즐길 수 있는 것들을 포기하고 산다는 것을 병준은 알지 못할 것이다.

"키가 작으니까 힘이 세야 한다고 가르친 게 바로 아버지였거든. 그래서 어렸을 때부터 검도, 합기도, 태권도를 배우게 하셨어. 아버지는 키 작아도 괜찮다는 말은 단 한 번도 하지 않으셨지만, 키 작아서 애들한테 맞고 올까봐 걱정은 하셨던 모양이야. 하긴, 당신 닮아서 키가 작다는 말도 한 적이 없던 분이었으니까. 나는 내 아이가 나처럼 키가 작으면 내 탓이라고 미안해할것 같은데 말이야."

아버지 이야기를 할 때의 병준은 주눅이나 절망을 경험해본 사람의 얼굴이 아니었다. 그래서 병준의 작은 키는 병준에게만큼은 허물이 될 수 없었다.

할머니는 나에게 시집은 못 갈 테니, 평생 아버지를 모시고 살라고 했다. 평생에 아들 운 없는 아버지에게 내가 아들이 될 팔자라고 했다. 언니는 시집이라도 보내려면 얼굴의 흉터를 어떻게든 없애줘야 한다고 극성을 떨면서도, 내 얼굴을 고칠 방법을 찾아보라고 말한 적이 없었다. 할머니는 언니를 데리고 성형외과에 다녔지만, 내 손을 잡고 피부과에 간 적은 없었다. 내 얼굴은 고치지 못할, 평생 짊어지고 가야 할 천형처럼 간

주했다. 내 아버지가 병준의 아버지였다면, 나를 어떻게 키웠을까. 얼굴은 중요하지 않다. 중요한 건 마음이고, 진심이며, 실력이다,라고 가르쳤을까. 여자 얼굴이 그래도, 네 삶은 네가 노력하는 대로 꾸릴 수 있는 것이다,라고 말했을까. 아니면, 집도 팔고, 가게도 팔면서 치료를 해주었을까.

딱 한 번, 아버지가 나를 데리고 병원에 갔던 적이 있었다. 페인트 범벅이 되었던 그날 이후, 할머니가 굿을 하겠다고 아버지를 닦달하던 그 겨울이었다. 엄마가 가장 깨끗하고 예쁜 옷을 골라 입혔다. 옷은 단정하고 예뻤지만 시너로 페인트를 지웠던 얼굴은 온통 붉었다. 가자. 아버지가 앞장섰다. 나는 종종걸음으로 절룩이는 아버지를 따라나섰다. 엄마가 대문 앞에서 아버지와 나를 배웅했다. 버스를 세 번 갈아타고 갔던 곳은 시내의 커다란 병원이었다.

본격적으로 화염상모반을 치료하기 시작한 건 1980년대에 들어서면서였다고 한다. 하지만 치료비는 고가였고, 그마저 완치도 불가능하던 시절이었다. 병원을 나서는 아버지의 얼굴을 나는 아직도 잊을 수가 없다. 잠깐만 앉았다 가자며 아버지가 병원 앞 벤치에 앉았다. 나도 아버지 옆에 앉았다. 아버지가 한숨을 내뱉었다. 내 얼굴을 이리저리 살펴보던 의사의 말을 나는 이해하지 못했지만, 아버지의 한숨 소리를 통해 내 얼굴은 정상이 될 수 없다는 것은 알아챌 수 있었다. 아버지가 담배를 꺼내물었다. 담배연기가 구름처럼 피어올랐다. 나는 언니를 흉내냈다.

"전 괜찮아요."

아버지가 물끄러미 나를 쳐다보았다. 그리고 무릎 위에 올린 내 손을 꼭 잡았다. 집에 도착할 때까지 아버지는 그 손을 놓지 않았다.

완치가 된다는 판정을 받았다면 어땠을까. 그 치료비를 댈 여력이 없었어도, 언니처럼 빚을 져가면서 병원을 다니게 했을까. 언니의 반복된 성형수술비와 내 치료비를 감당할 만큼 자식들을 향한 마음이 공평했을까? 아니 그만큼 견고하기는 했을까?

병원을 다녀온 이후, 결국 굿을 하기로 결정했다. 할머니의 여한을 풀어줄 심산이었는지, 나에게 해줄 수 있는 일이 그뿐이어서 그랬는지, 그저 당신들의 위안을 위해서였는지, 나로서는 알 수가 없다. 여하튼 할머니의 성화대로 굿을 벌였다.

아버지가 내 편이었던 날은 그날뿐이었다. 벤치에서 집 앞까지 잡은 손을 놓지 않았던 아버지는, 그 시간만큼은 세상 어떤 아버지와도 똑같은 아버지였던 것이다. 평생, 유일하게 딱 한 번뿐인, 내게 아버지다운 아버지였던 모습. 그날의 아버지가 좀처럼 잊히지 않는, 또렷하게 남은 유일한 아버지와의 기억이라는 것이 차라리 서글펐다.

아버지가 앓고 있다. 생이 얼마 남지 않았다. 그럼 얼마나 더 살 수 있다는 걸까. 궁금한 게 많았지만, 언니에게 전화해서 자세히 묻고 싶지는 않았다. 나는 이제 어린 날의 내가 아니기 때문이었다.

집까지 줄곧 내 손을 잡아주었던 아버지의 손길이 나는 아버지의 마음인 줄 알았다. 나에게 미안하다고 전하는 다른 표현인 줄 알았다. 하지만 아니었다. 아버지는 그저 보호자로서 최소한의 도리를 실천한 것이었다. 아버지는 평생, 나에게, 내 얼굴에 대해서 단 한마디도 한 적이 없었다. 괜찮다는 거짓말도, 참고 살 수밖에 없다는 진실도, 하다못해 그만 건 중요한 게 아니라는 허풍조차 떨지 않았다. 그러면 안 되었다. 당신이 만들어 놓은 자식이므로 적어도 한 번쯤은 미안하다고 말해줬어야 했다. 아직 그 말도 못 들었는데……

병준의 트럭이 골목을 지나 도로로 진입했다. 왁자한 대학생 무리들이 내 옆을 지나갔다. 나는 모자를 더 눌러쓰고, 어깨를 더 움츠렸다. 매일 조금씩 해가 길어지고, 공기가 따뜻해지고 있었다. 내가 싫어하는 계절인 봄이었다. 긴 겨울이 지나면 봄 햇빛처럼 일상이 화사해질 것 같지만, 결코 아무 일도 일어나지 않았다. 괜한 헛된 희망을 품게 되는, 그저 허망하기 짝이 없는 계절이 바로 봄이었다. 얇은 옷으로 갈아입고 꽃을 찾지만, 달콤한 초콜릿과 사탕을 유난하게 주고받으며 사랑을 확인하지만, 그저 매년 반복되는 계절 중에 하나일 뿐이었다.

졸업식과 밸런타인데이 시즌을 마치면 꽃보다 화분을 찾는 손님들이 늘었다. 최근에는 다육식물이나 관엽식물을 찾는 손님들이 많았다. 종류와 수를 늘려 가게에 들여놓았다. 안 그래도 비좁은 가게에 자잘한 다육식물들과 꽃봉오리가 잔뜩 맺힌 관엽식물들로 꽉 들어찼다. 때때로 다양한 명도와 다채로운 채도의 연두와 초록으로 꽃집이 풍성하게 느껴지기도 했지만, 나는 좀 과하게 물건을 들여놓는 편이었다. 그만큼 손이 쉴 틈이 없다는 뜻이기도 했다.

봄, 가을마다 해야 하는 분갈이는 말처럼 쉬운 일이 아니었다. 배양토는 물에 젖으면 진흙처럼 점성이 강해져 하수구를 막았다. 분갈이에 사용하고 남은 배양토를 세숫대야에 가라앉힌 다음 신문지로 닦아버리는 일이 가장 번거롭고 힘들었다. 하루 종일 흙내가 코끝에서 사라지질 않았다. 무엇보다도 구부려 앉아서 해야 하는 일이니, 저녁이면 허리가 펴지지 않을 정도였다.

꽃다발을 하겠다는 손님이 들어왔다. 분갈이를 하던 나는 끙, 소리를 내며 앉은 자리에서 일어섰다. 나는 작업 장갑을 벗고, 작업대 앞으로 다가와 손님에게 물었다. 뿔테안경을 쓴 남학생이었다.

"원하는 꽃이나 색깔, 가격대는요?"

꽃냉장고를 둘러본 남학생이 우물쭈물 말을 흐렸다.

"어떤 게 좋을지 모르겠네요."

"누구한테 하는 무슨 선물인데요?"

"여자친구 생일인데요. 여자친구는 빨간 장미만 아니면 다 좋대요."

"빨간 장미도 종류가 많은데."

"하여간 그건 싫대요."

"그런 분들 많아요. 그럼 분홍색은 좋아해요?"

"네. 괜찮아요."

나는 진분홍의 아네모네와 반다, 연분홍의 카네이션과 분홍의 튤립을 꺼내 대략적인 다발의 모양을 만들어 보였다. 남학생이 고개를 끄덕였다. 나는 꽃다발 사이즈를 고려해 튤립의 길이를 결정한 다음 나선형으로 잡아나가기 시작했다. 튤립이 봉오리여서 다른 꽃보다 약간 위치를 높게 잡고, 전체적으로 균형을 맞춰가며 원형으로 만들었다. 꽃다발 톤과 어울리는 분홍색과 보라색 왁스페이퍼를 이중으로 덧대 전체를 포장한 후, 리본을 묶어 다발을 완성했다. 앙증맞고 귀여운 다발이었다. 남학생이 흡족한 표정을 지었다.

영흠이 들어온 건 남학생이 막 가게를 나설 때였다. 목덜미의 흉터, 꽃잎만 샀던 사람, 깡마른 여자에게 미안하다는 사과를 꽃으로 전했던 사람. 영흠은 남학생이 들고 나가는 꽃다발을 흘끔 쳐다보았다.

"지난번 꽃은 마음에 들어하셨나요?"

내가 먼저 알은체를 했다. 영흠이 멋쩍은 듯 자기 뒷머리를 만지작거렸다. 푸르게 돋아난 핏줄이 선명하도록 앙상하게 말랐던 여자의 손과 영흠의 목덜미가 겹쳐 떠올랐다. 영흠은 천천히 가게 안을 둘러보며 식물들을 바라보았다.

"찾는 것이라도 있으세요?"

"꽃 말고 화분을 사볼까 하고요."

"요즘은 다육이나, 관엽도 인기가 많아요. 수상 재배하는 개운죽 같은 종류도 좋고요."

영흠은 하트 모양의 다육 앞에서 혼자 빙긋 웃었다. 얼핏 보이는 목덜미가 조금 얼룩덜룩해 보였다.

"이것도 식물인 거죠?"

"네, 하트호야라는 다육식물이에요. 그 하트 잎에 메모를 해서 선물하기도 해요."

"발랄하네요."

"키우기도 쉬워요. 수분을 잎에 저장하고 있는 식물이어서, 물을 가끔씩만 줘도 잘 자라는 편이고요. 오히려 습기가 많으면 죽는 애죠."

"키우던 식물을 죽이기도 하나요?"

"그럼요."

"공들여 키우셨을 텐데, 그렇게 죽는 걸 보면 마음이 아프겠어요."

"물 때를 놓치거나, 처음부터 건강하지 못했던 애거나. 둘 중 하나인 거죠. 그런 거 하나하나 신경쓰면 이 일 못해요."

영흠이 의아하다는 듯이 나를 쳐다봤다가, 이내 알겠다는 듯 고개를 끄덕였다. 영흠의 시선은 다시 다육식물로 돌아갔다. 그사이 교복을 입은 남자아이가 장미 한 송이를 사갔고, 젊은 여자가 프리지어 세 단을 사갔다.

"하루 종일 꽃과 있으니, 좋은 직업이네요."

작업대를 치우는 나에게 영흠이 말했다.

"세상에 어떤 일이 좋기만 하겠어요. 게다가 아무리 좋아하던 것도 일이 되면 그냥 일처럼 하는 거죠."

영흠이 끄덕였다. 다육식물들의 잎을 조심스럽게 건드려보고, 자세히 들여다보더니, 결국 꽃냉장고로 시선을 돌렸다.

"아무래도 죽일 것 같아요."

"그럼 꽃으로 하시겠어요?"

"그러죠. 저 꽃은 장미인가요?"

영흠이 가리킨 건 라넌큘러스였다.

"작은 작약이라고 하는 라넌큘러스예요."

"겹이 많아서 그런가 사랑스러워 보이네요."

"그렇죠?"

영흠은 라넌큘러스만 담겨 있는 화기 안을 한참 들여다봤다.

"그 꽃으로 하시겠어요?"

"네."

"지난번처럼, 그만한 크기로 할까요?"

"조금 더 커도 괜찮아요."

흰색과 연분홍빛의 라넌큘러스에 분홍색의 네리네, 분홍색과 같은 톤인 장미와 좀 더 짙은 색감의 아네모네 등으로 다발을 만들었다. 풍성하고 로맨틱해 보이는 다발이 되었다. 왁스페이퍼의 모서리가 보이지 않게 동그랗게 말아 꽃머리가 나오도록 포장했다. 꽃을 만드는 동안에도, 카드를 내밀고 영수증이 나오는 시간에도 영흠은 다육식물 앞에 서 있었다.

"여러 개의 다육식물을 같이 심어놔도 괜찮아요."

영흠이 고개를 저으며, 손을 내밀었다. 영수증을 건네면서, 영흠의 손끝과 스쳤다. 소스라치게 차가운 손이었다. 고개를 든 순간, 영흠과 눈이 마주쳤다. 감사합니다, 영흠이 목례를 하고 가게를 나섰다.

꽃 만지는 손은 차가울수록 좋다. 처음 꽃을 잡았던 날, 내 옆에서 지켜보던 아버지가 했던 말이었다. 그렇다면 나는 적격일 터였다. 계절에 상관없이, 늘 얼음장처럼 차가운 손은 꽃 일을 하기에는 좋았지만, 누군가의 손을 잡기에 좋은 손은 아니었다. 영흠의 손은 나보다 더 차가웠다. 병준의 손은 언제나 뜨거웠고 땀이 많아 축축했다. 나는 내 손을 내려다봤다. 뭉툭하게 짧은 손톱, 여기저기 잔 상처가 가득한 손가락, 거기에 손등은 벌겋게 터 있었다.

나는 영흠이 서 있던 자리에 서봤다. 영흠이 눈으로

좋았던 것은 한 달에 두어 번 물을 줘도 괜찮은, 물 주는 것을 잊고 살아도 굳건히 건재하는 것들이었다. 로겐르시, 구층탑, 미니알로에, 홍기린, 천대전송, 염자, 그리니, 원종프리티 등 과습에 치명적인 다육식물들이었다. 마치 선인장의 의붓동생처럼 건조한 환경에 오래 버티는 것들이었다. 저것들은 두툼한 잎에 수분을 저장해 스스로의 생을 이었다. 그래서 나는 다육식물이 좋았다. 선인장처럼 가시의 위협이 없으면서도 관심두지 않아도 자기가 알아서 제 생을 연명해가는 기특하고 똑똑한 것들이었다.

그 반대편으로는 실내에서 키우기 수월한, 소위 공기정화 식물들인 아이비, 행운목, 산데리아나, 싱고늄, 청페페, 여러 산호수 종류들과 홍콩야자와 테이블야자 등이 있었다. 나는 분무기로 잎에 물을 뿌렸다. 물을 흠뻑 줘야 잘 자라는 식물이었다. 어느 식물이나 마찬가지지만, 때에 맞춰 물을 주고, 지속적인 관심을 주어야 죽지 않았다. 가장 쉬우면서도 가장 어려운 일이기도 했다. 어찌 보면 식물도 사람과 다를 바 없었다.

나는 다시 다육식물 쪽으로 몸을 돌렸다. 영흠에게

말했던 것처럼 자기화기에 다육식물들을 심어볼 생각이었다. 우선 투박한 흙갈색 직사각형 자기화기를 꺼냈다. 화기에 심을 다육은 뭐가 좋을까…… 나는 크기가 비슷비슷한 메비나와 우주목, 프리티, 춘맹을 골라냈다. 서로 비슷하면서도 각각 다른 분위기의 모양새와 색감이어서 재미있는 구성이 될 것 같았다.

화기 바닥에 배수깔망을 깔고 마사토를 넣은 다음 네 가지 다육식물을 차례대로 심었다. 마사토를 각 종류의 다육식물 사이사이에 넣고 조심스럽게 마무리했다. 조금 허전한가 싶어, 지철사를 소용돌이 모양으로 구부려 다육식물 사이사이에 꽂고 말린 구름비나무잎을 끼워 장식했다. 마치 미니정원처럼 운치 있는 분위기가 됐다. 상상했던 것보다 더 나은 그림으로 만들어졌다. 가게 밖에서도 잘 보이는 진열대에 다육도자기를 내놓았다. 마침 지나가던 초로의 여자와 눈이 마주쳤다. 여자가 다육도자기를 보더니 곧바로 가게로 들어와 파는 거냐며, 가격을 물었다. 머릿속으로 계산을 했다. 다육식물 네 개 원가에, 팔천 원짜리 화기, 그 외 비용까지 하면……

"도자기 화기가 좀 비싼 거여서요. 삼만 원은 받아야 할 것 같아요."

"다육식물이 원래 싼 거 아닌가?"

"식물이 비싼 건 아닌데요, 부자재 단가가 좀 나가네요. 어떡하죠?"

"어떡하긴 어떡해. 드려야지."

가격을 깎을 사람이 아닌 줄 알았다. 흥정 한 번 없이, 인심 좋은 웃음으로 여자는 부르는 대로 값을 지불했다. 그리고 흡족한 표정을 지으며 다육도자기를 안고 나갔다. 나는 받은 지폐를 손에 든 채, 여자의 뒷모습을 바라봤다. 엄마가 죽지 않았다면 저 여자 정도쯤 되었을 텐데. 이제 생전의 엄마 모습은 가물가물했다. 솔직히 말하면 정확한 기억이라고는 하나도 남아 있질 않았다. 그저 내 상상 속으로 그려낸 엄마이거나, 추측으로만 만들어진 엄마의 이미지만 존재할 뿐이었다.

그나저나 언니에게 전화를 걸어봐야 하는 걸까. 그래봤자 달라질 건 없었다. 3월이 목전인데도 봄기운은 더디기만 했다. 화이트데이에 쓸 사탕 원가를 알아봐야 하는데 더 미룰 수 없는 일이었다. 새벽 도매시장에 가려면 그만 가게를 닫아야 했다. 나는 서둘러 작업대와 바닥청소를 시작했다.

후회

일상이란 변하지 않는 것을 지칭하는 말일 것이다. 나에게 일상이란 가게와 새벽 도매시장, 농장이라는 장소를 나타낸다. 혹은 밤 열한 시 귀가, 술과 담배 같은 습관이거나 좀비·연쇄살인자가 등장해 피가 낭자하는 장면이 나오는 영화 같은 취향도 일상에 속할 것이다. 그렇다면 매일 저녁마다 영흠이 가게에 들른다는 건 나에게 일상인 걸까, 변화인 걸까.

영흠은 근 이 주째 매일 꽃을 사가고 있었다. 주로 여러 꽃을 원형으로 묶은 작은 다발이었으나, 때때로 철

제바구니, 나무상자나 유리화기에 담아서 가기도 했고, 테이크아웃 커피컵에 수선화를 소복하게 꽂아서 간 적도 있었다. 유칼립투스와 구름비나무 열매로 만든 리스를 요청하기도 했다. 매일 꽃을 사는 사람이니, 매일 다른 분위기의 다른 디자인으로, 다른 꽃 구성으로, 다른 포장 방법으로 만드는 것도 쉬운 일은 아니었다. 그래도 하루도 빠지지 않고 영흠과 함께 꽃을 정하고 다발을 만들면서 소소한 대화를 나누던 이십여 일간이 꽤 즐거운 시간이기도 했다. 때로는 영흠이 올 시간에 나타나지 않으면 괜히 초조해지는 기분마저 들기도 했다.

그런데 나는 왜 매일 꽃을 사는지 묻지 않았다. 영흠이 들고 가는 꽃은 모두 그 마른 손의 여자에게 선물하는 것이냐고 묻지 못했다. 그 여자와 영흠이 연인인지, 부부인지도 묻지 않았다. 다른 손님들에게는 제일 먼저 물어보는, 이 꽃을 누구에게 왜 줄 것이냐는 질문을 영흠에게만큼은 한 번도 묻지 못했던 것이다. 그저 매일 매일 목덜미의 상처가 어제보다 얼마나 더 아물었는지 몰래 쳐다보는 것만으로도 좋았다.

오히려 질문을 하는 건 영흠 쪽이었다. 언제부터 꽃

집을 했느냐. 그 전에는 무슨 일을 했느냐. 꽃집을 하기 위해서는 특별한 재능이 필요하냐. 꽃집 일 중에서 무엇이 가장 힘드냐. 가장 즐거울 때는 언제냐. 어떤 꽃을 제일 좋아하느냐. 혹은 일부러 안 갖다놓는 꽃도 있느냐. 나는 대체로 솔직하게 답변을 하는 편이었다. 답변을 하지 못한 질문은 단 하나. 어떻게 꽃집을 하게 되었느냐는 질문이었다.

말하자면 복잡했다. 엄마가 꽃집을 했던 이력부터 말해야 했으니까. 엄마가 죽은 후 아버지가 엄마의 꽃집을 하게 되었다, 그 과정을 말하려면 엄마가 왜 죽었는지도 설명해야겠지. 그러면 내 얼굴의 화염상모반과 언니 얼굴의 상처에 대해서도 꺼내야 할 터였다. 그 사연은 차치하더라도 결국 취업에 실패한 내가 아버지 일을 돕게 되면서 꽃을 잡게 되었다는 것을 밝혀야 했다. 그도 아니면 엄마의 꽃가게에서 혼자 놀면서 각인된 영향이 가장 컸다는 걸 설명해야 할 터였다. 굳이 그렇게까지 말할 이유는 없었다. 나는 어쩌다 보니 이렇게 되었네요,라고만 대답했다.

꽃을 이용한 선물 포장 주문이 먼저여서, 영흠이 기

다리는 중이었다. 사각상자의 반에는 넥타이를, 나머지 반쪽에는 꽃을 넣을 계획이었다. 먼저 꽃을 넣을 쪽에 비닐로 플로랄폼을 포장하듯이 둘렀다. 플로랄폼에 생화용 본드로 마디초를 하나하나 붙여가는 나를 옆에서 쳐다보던 영흠이 혼자 고개를 끄덕이며, 중얼거렸다.

"저도 어쩌다 보니 여기까지 오게 되었네요."

나는 손을 멈추고 영흠을 올려다봤다.

"여기가 어딘데요?"

"여기요."

영흠과 눈이 마주쳤다. 나는 하던 작업을 서둘렀다. 호접란을 줄기와 함께 잘라 마디초 사이에 넣어 플로랄폼에 꽂고, 콩란도 생화용 본드로 붙여서 마무리했다. 중후한 색감의 넥타이 두 개와 초록의 마디초, 흰색의 호접란 꽃이 고풍스러운 느낌이 들게 했다. 예비 시아버지에게 선물할 거라던 여자 손님의 주문이었다. 상자 뚜껑을 덮고 리본으로 장식한 다음, 흰색의 조팝꽃으로 코르사주를 만들어 리본 중앙에 달았다. 끝나기를 기다린 영흠이 뜻밖의 제의를 했다.

"제가 직접 만들어볼 수도 있을까요?"

어려운 일은 아니었다. 나는 꽃냉장고에서 예닐곱 종류의 꽃을 꺼내 작업대 위에 펼쳤다. 나는 일단 꽃 이름부터 하나씩 알려주었다.

"장미, 안스륨, 거베라, 카네이션, 리시안셔스."

영흠은 나를 따라 꽃 이름을 하나씩 발음했다.

"장미, 안스륨, 거베라, 카네이션, 리시안셔스."

"이제부터 천천히 저를 따라해보세요."

네, 대답을 마친 영흠이 내 옆으로 다가와 섰다. 나는 왼손에 중심이 될 장미를 쥐었다. 영흠도 따라 쥐었다. 다음은 거베라를 집어 높이를 달리해 사선으로 잡으면서 뒤로 돌렸다. 영흠도 따라했다. 각각의 꽃을 하나씩, 하나씩 계속 겹쳐가면서 동그랗게 잡아가기 시작했다. 내가 만든 꽃은 수월하게 동그란 모양으로 자리잡혔지만, 영흠의 꽃은 쉽게 되지 않았다. 줄기나 꽃모가지가 툭툭 함부로 꺾였다. 영흠의 이마에 땀이 번들거렸다.

"보는 것처럼 쉽지 않군요."

"어느 방향에서 보아도 동그랗게 보이도록 해야 해요."

영흠은 잡았던 꽃들을 다시 풀어, 처음부터 다시 잡

아가기 시작했다.

"꽃은 온도에 민감해요. 되도록 빨리 잡아야 꽃의 싱싱함을 유지할 수 있어요."

"아, 그렇겠군요."

꽃 두 다발이 완성되어 작업대 위에 올려지기까지 한 시간쯤 걸렸다. 같은 꽃이었지만 영흠의 꽃다발은 어딘가 미흡해 보였다. 나는 영흠이 만든 다발에 무엇이 부족한지를 설명하면서, 그 부분을 보충했다.

"꽃과 꽃 사이의 빈 공간이 없어야 예쁘게 보여요. 이웃한 꽃들끼리의 색깔 배합도 생각해야 하고요. 여기, 카네이션만 너무 많이 몰려 있죠? 여기에 리시안셔스를 넣어주면 조금 달라지겠죠. 안스륨의 높낮이를 다르게 주자고 한 건 잘하셨네요."

영흠이 쑥스러운 듯 웃었다.

"이번 다발은 포장지 대신 리본으로만 마무리할게요. 제가 하는 걸 보고 해보세요."

나는 레이스 리본을 골라 줄기 윗부분부터 감싸 내려오기 시작했다. 아하, 영흠이 고개를 끄덕였다. 그때, 가게 문이 거칠게 열리며 술 취한 남자가 비칠거리며 들어섰다. 들어서자마자 술을 주문하듯이 장미 한 다발! 이라고 소리를 쳤다. 저러다가 넘어지기라도 하면 제대로 난리가 날 판이었다. 그래도 나는 만들던 다발을 작업대 위에 놓고, 꽃냉장고를 살폈다. 상태가 괜찮은 장미는 이미 만들어놓은 다발들이었다. 나는 그중에서 가장 작은 다발을 꺼내 취객에게 내보였다. 오만 원이라고 말했다.

"장미 상태가 별로 좋지 않아서요. 이 정도면 되시겠어요?"

어제까지만 해도 육만 원에 팔던 것이었다. 취객은 제대로 보지도 않고 무조건 비싸다며 깎으려 들었다.

"더 이상은 안 돼요."

나는 단호하게 대답했다.

"무슨 꽃이 이렇게 비싸! 썅!"

크윽, 퉤! 취객이 바닥에 침을 뱉었다. 영흠이 취객의 어깨를 툭 치며 입구 쪽으로 자리를 옮겼다. 취객이 미간을 찌푸리며 한참 동안 영흠을 노려봤다. 영흠도 그 시선을 피하지 않았다. 그렇게 쳐다보면 어쩔 건데? 마치 그렇게 말하는 것 같았다. 취객에게 문자메시지가 도착했다. 취객은 중심이 흐트러진 몸으로 겨우 몇 번의 메시지를 주고받더니, 지갑을 꺼냈다.

"그거, 그거 줘. 빨리, 빨리!"

결제를 마친 남자가 꽃다발을 들고 불안한 걸음으로 가게를 나섰다. 창 너머로 달려가는 남자의 걸음이 휘청거렸다. 어느새 영흠이 내 곁으로 다가왔다.

"괜찮아요?"

"네."

"밤에 혼자 있으면, 무섭지 않아요? 저런 손님들이 오늘만 있을 것 같지도 않은데……"

"종종 있죠. 근데 뭐."

취객이나 노숙자, 혹은 정신을 잃은 사람들의 방문이야 흔한 일이었다. 나도 사람이고, 나도 여자니까 무섭거나 두렵지 않다는 건 거짓말이었다. 그러나 인이 박혔다. 그들을 어떻게 대해야 하는지 정도는 알았다. 주변 상점들의 사람들도 있고, 경찰을 부르는 방법도 어렵지 않았다. 무엇보다도 두렵지 않다는 생각이 중요했다. 두렵지 않다면, 그들은 두려운 존재가 아니었다.

"내가 먼저 공포를 느끼면 상대방은 즐기더라고요.

내가 어려워하면 금세 권위를 세우고, 내가 수그리면 상대는 더 꼿꼿이 목을 쳐들고요. 그래서 처음부터 아무렇지 않다고 여겨야 돼요. 나와 상관없다고 치는 거죠."

영흠이 나를 물끄러미 바라보고 있다는 것이 느껴졌다. 내 손이나 내가 만드는 꽃이 아니라 내 얼굴을 쳐다보고 있는 것이었다. 나도 모르게 오른손으로 오른쪽 얼굴을 가리며 몸을 돌렸다.

"리본을 골라드릴게요."

"그런데 이름이 뭐예요?"

나는 고개를 돌려 영흠을 바라봤다. 영흠이 나를 똑바로 쳐다봤다. 오른손을 내리지 못한 채 대답했다. 양선화예요.

"그래서 선, 플라워였군요. 리본은 아까 골라놨으니까, 마무리하는 거 마저 보여주세요."

나는 다발의 손잡이 부분을 리본으로 감싸고 진주 핀으로 고정했다. 영흠도 어설프게나마 나를 따라 마무리했다. 다른 때보다 늦게 끝난 날이었다. 게다가 넥타이 선물상자를 찾아갈 손님을 기다려야 했다. 오겠다는 시간보다 늦어지고 있었다. 영흠은 어둔 거리를 둘러본 후, 조심스럽게 물었다.

"무섭지 않아요? 같이 기다려줄까요? 아까 그 사람 때문인지, 혼자 두고 못 가겠어요."

그렇더라도 같이 있어달라고 할 수는 없었다. 그래서는 안 될 것 같았다. 누구에게든 약해 보이고 싶지 않았다. 나는 괜찮다고 마다했다. 영흠이 잠시 머뭇거리더니, 알겠다면서 혼자 가게를 나섰다. 영흠이 가고 곧 넥타이 손님이 다녀갔다. 나는 손님을 배웅하면서 거리를 두리번거렸다. 방금 전에 나간 영흠은 보이지 않았다. 어쩐지 허탈하고, 아쉬웠다. 나는 정리하지도 않고 그대로 가게 문을 닫았다. 혹시나 하는 마음이었는지도 모른다. 하지만 집까지 걸어가는 동안 영흠과 우연히 마주치는 일은 없었다.

다음날도 영흠은 비슷한 시간에 가게에 들렀다.

"오늘도 직접 만들어보실 건가요?"

영흠이 너털웃음을 지으며 손사래를 쳤다.

"한 번이면 충분합니다."

나는 새벽에 잔뜩 사온 꽃들 중에서 수국을 골랐다. 수국은 워낙 꽃 자체가 지닌 기품이 있어 다른 꽃을 함께 쓰지 않은 채 수국만으로도 훌륭한 부케가 되는 소재였다. 실제로는 6월에야 피는 수국이었지만 꽃시장에서는 사시사철 구할 수 있었다. 겨울 수국은 비싼 수입뿐이어서 구입하는 일은 드물었다. 아직도 철이 일러 가격은 비싼 편이었지만, 그래도 큰맘 먹고 골라온 수국이었다.

오늘은 하늘색과 파란색, 보라색, 흰색 수국을 사용해 전체의 색감을 좀 낮추고, 달리아와 크리스마스로즈, 왁스플라워를 이용해 우아하고 풍성한 다발을 만들 생각이었다. 영흠에게 이 꽃들의 조합이 마음에 드는지 물었다. 영흠은 고개를 끄덕였다.

꽃을 만들기 전에는 잎과 줄기를 다듬고 잘라야 했다. 영흠이 그건 자기도 도울 수 있겠다며 와이셔츠를 걷어올리고 작업대 앞으로 다가왔다. 영흠과 나는 마주 선 채 이파리를 떼어내고 지저분한 꽃잎들도 정리했다. 어제 한 번 해봤다고 영흠의 손도 제법 빠르게 움직였다. 꽃줄기를 잡다가, 가위를 집다가, 몇 번 서로의 손끝이 스치기도 했다. 나는 영흠을 바라보지 않은 채, 불쑥 물었다.

"그때, 꽃 배달 보냈던 분과 사이가 어떻게 되세요? 부부? 연인?"

영흠이 희미하게 웃었다.

"실례되는 질문이었나요?"

영흠은 아무렇지 않다는 듯이 대답했다.

"한때는 연인이었고, 부부이기도 했죠. 서류정리가 끝난 건 아니니까…… 아직 아닌 게 아닌 것도 아닌가? 저도 잘 모르겠어요."

"아, 그러면 그동안 계속 다른 분에게 선물하신 거예요? 저는 계속 그분에게 선물하는 건 줄 알았어요."

"그 사람에게만 보낸 거 맞아요."

괜한 것을 물었다는 생각이 들었다. 차라리 몰랐으면 더 좋았겠다는 생각마저 들었다. 꽃 정리 작업을 끝내고 이제 나 혼자 꽃을 하나씩 잡아가기 시작했다. 영흠이 물었다.

"이상하죠?"

"뭐가요?"

"그럼 제가 한 말이 이해가 돼요?"

"이해가 안 될 것도 없죠."

"전 제가 이해가 안 돼요. 갈라서자고 한 건 저거든요."

"다시 구애하시는 중이라면."

"그런 것도 아니에요. 그 사람한테 못해준 걸 다 해주고 싶은 모양이에요. 연애할 때도, 같이 살 때도 꽃 선물을 해준 적이 한 번도 없었거든요."

"그럼 자기만족인가요? 아니면 깊은 후회 중?"

그때 오십대 중반쯤 돼 보이는 남자가 들어섰다. 작업대 앞으로 성큼 다가오더니 대뜸 장미 백 송이는 얼마냐고 물었다. 영흠이 옆으로 비켜섰다.

"지금 가진 건 백 송이가 안 되는데, 바로 필요하신 건가요? 아니면 예약하시면 내일까지 준비해드릴 수 있어요."

"아니, 그래서 얼마냐고."

"어떤 품종이냐에 따라 다르죠. 가판대에서 파는 건 십만 원에도 가능하다고 하더라고요. 인터넷쇼핑몰에서는 최소 이십에서 이십오만 원 선으로 생각하셔야

되고요. 배송료는 따로 붙을 거고요. 저희는 최소 삼십만 원 선부터 준비해드릴 수 있어요. 포장비를 추가로 받지는 않지만, 다발인지 바구니인지에 따라 가격차이가 날 수 있고요. 바구니의 경우에는 장미 외에 다른 꽃을……"

"다 필요 없고, 딱 장미 백 송이만. 그럼 지금 주문하면 내일 찾을 수 있어?"

반말투가 거슬렸지만, 저 연령대의 손님들에게 흔히 보이는 모습이었다. 나는 영흠에게 양해를 구하고 수국 다발을 옆으로 밀어두었다. 수첩을 꺼내 메모를 시작했다.

"내일 몇 시쯤 필요하신데요?"

"점심시간쯤?"

"가격은요? 예상 금액은요?"

"아까 얼마라고 했지? 이십만 원?"

"아뇨, 저희는 삼십만 원부터 가능합니다."

"이십만 원부터라며?"

"그건 인터넷쇼핑몰 가격이고요."

"인터넷이 그 가격이면 여기도 그 가격이면 되는 거

아냐? 왜 여긴 십만 원이나 비싸?"

나는 수첩을 덮었다.

"그럼 인터넷으로 주문하셔야겠네요. 분명한 가격차이가 있으니, 이런 경우에는 저도 손님들에게 억지로 여기서 구입하라고 말씀드리지 않아요. 편하신 대로 하세요."

나는 수국 다발을 마저 포장하기 시작했다.

"인터넷으로 주문하면 내일 못 받을 거 아닙니까?"

"그것까지는 잘 모르겠네요."

아마, 그럴걸요? 영흠이 슬쩍 끼어들었다. 남자가 영흠의 말에 잠시 골몰하더니, 예약을 하겠다고 했다.

"먹지도 못하는 게 뭐 이리 비쌉니까?"

어느새 남자는 영흠에게 동조를 구하고 있었다. 영흠은 웃으면서 왜 아니냐며 맞장구를 쳤다.

"그럼 삼십만 원으로 할게요. 요즘이 꽃값이 가장 비쌀 때예요. 그래도 최대한 좋은 꽃으로 고르겠습니다. 받으시는 분이 분명히 기뻐하실 거예요."

그제야 누그러진 표정의 남자가 카드를 꺼내 내밀었다. 나는 어떤 색의 장미를 원하는지, 다발인지 바구니인지, 어떻게 전달할 생각인지, 전체적으로 어떤 느낌이 들게 포장할지에 대해 묻기 전에, 먼저 알아야 할 것이 있었다.

"혹시 꽃을 받는 사람이 누구인지, 무슨 이유로 선물을 하는지 알 수 있을까요?"

"별걸 다 물어보네. 그게 왜 궁금해?"

"와이프가 아니라 애인한테 선물할 꽃이면 좀 달라야 하지 않겠어요?"

남자의 눈빛이 잠깐 흔들렸다. 그러나 이내 큰 소리로 웃기 시작했다.

"재미있는 분이구만! 그럼, 잘 아는 사장님께서 알아서 해주시면 되겠네?"

"네, 알겠습니다."

남자는 잘 부탁한다는 말을 하고, 나에게 윙크를 하고 가게를 나섰다.

"애인이라는 걸 어떻게 아셨어요?"

"아내에게 선물할 사람이면 미리 준비하지 않았을까요? 그리고 저 연령대 남자들이 부인에게 꽃 선물하는 경우는 드물죠. 한다 해도 자식들에게 시킬 테고요."

"확신적이네요."

"경험적인 것이죠."

"그렇게 다 알면서 굳이 왜 물어봤어요?"

"무슨 소리냐면서, 애인이 아니라고 펄쩍 뛰는 손님들의 반응이 재미있거든요. 가끔이기는 해도, 그렇게 당황하는 사람들을 물끄러미 보고 있으면 기분이 좋아져요. 요즘은 자기가 먼저 애인에게 할 선물이라고 밝히는 사람들이 많아서 별로지만."

영흠은 알 듯 모를 듯한 표정을 지었다. 나는 아랑곳하지 않고 만들던 수국 다발을 마무리했다. 하늘색과 파란색, 보라색, 흰색 수국이 중심이 된 다발이 아주 풍성했다.

수국은 엄마가 좋아했던 꽃이었다. 여름이면 빽빽한 이파리 사이로 동그란 꽃무더기를 피워대는 꽃. 동그란 꽃무더기는 자잘한 꽃송이 하나하나들이 모인 덩어리였다. 아니 한 송이를 이루는 꽃잎들은 사실 꽃받침이었다. 여하튼 연한 자주색이었던 수국이 하늘색으로, 다시 연한 붉은빛으로 변하는 모습은 신기했다. 어느 해에는 새파랗게, 또 어느 해는 짙은 보라색으로 피어나기도 했다. 나중에야 토질에 따라 꽃 색깔이 변한다는 것을 알고, 나는 좀 허망했다. 차라리 얼마간 모르는 것이 낫다고 생각했을 것이다. 낱낱이 다 아는 것이 최선이 되는 건 아니었다. 때로는 알지 못했기 때문에 웃을 수 있었고, 잘 몰라서 거침없이 손을 내밀기도 했다. 알고도 외면하지 못하는 것보다는 모른다는 이유로 등 돌리는 게 차라리 나았다.

"꽃집을 하면 꽃말도 다 아시나요?"

"그렇진 않아요. 전에는 일부러 외우려고 한 적도 있는데, 지금은 기억나는 것만 기억하고 살아요. 수국은 색이 변하는 꽃이어서 그런지, 꽃말도 여러 가지죠. 아마 진심, 변덕, 처녀의 꿈, 바람둥이 같은 뜻이 있을 거예요. 정확한지는 모르겠네요."

"진심과 바람둥이라는 뜻을 같이 품은 꽃이라니, 정말 이중적이네요."

"바람둥이는 자기 앞의 여자에게 진심을 다하는 남자라면서요."

"그렇답니까?"

영흠이 힘없이 웃었다. 수국 다발이 완성되었는데도,

영흠은 나서지 않았다. 수국 다발을 쥔 채, 출입구 밖을 내다보는 모습이 마치 약속시간에 너무 일찍 도착해버린 사람처럼 보였다. 그러다 문득 수국 다발을 들여다보고는 다시 거리로 시선을 돌리기를 몇 차례 반복했다. 나는 작업대를 정리하며 물었다.

"왜요, 마음이 바뀌셨어요?"

영흠이 놀란 듯 뒤돌아섰다. 나에게 왜 거기 서 있느냐고 물을 기세였다.

"와이프용인지, 애인용 꽃인지 헷갈리세요?"

"어떻게 알았어요?"

"꽃집 주인이니까 알죠."

"그럼 답도 아세요?"

"용도를 바꾸지 말고 받는 사람을 바꾸면 되잖아요."

영흠이 내 눈을 똑바로 쳐다봤다. 나 역시 시선을 피하지 않았다. 영흠이 쥐고 있던 수국 다발을 불쑥 내 앞으로 내밀었다.

"오늘 안 가지고 가시게요?"

"아뇨. 그쪽에게 준다고요."

나는 그것이 무슨 의미인지 금세 이해되지 않았다.

확실한 건 영흠이 내게 내민 꽃은 와이프용 꽃은 아니라는 뜻이었다.

“내가 이걸 안 받으면요?”

“내가 상관할 바는 아니죠. 나는 그저 그쪽에게 주는 걸로 끝이니까.”

나는 수국 다발을 향해 팔을 뻗는 대신, 오른손으로 내 오른쪽 얼굴을 가렸다. 부풀어오른 윗입술과 우둘투둘한 뺨과 거친 눈꺼풀, 뻣뻣한 눈썹을 지나 붉은색의 이마 끝까지 덮고 있는 검붉은 반점들이 모두 제각기 살아 움직이는 것 같았다. 붉은 점들이 움직일 때마다 열이 올랐다. 오른쪽 얼굴이 점점 뜨거워졌고, 급기야 불꽃이 일며 타들어가기 시작했다. 실제 통증인지, 착각이 만든 환각인지 구분이 되지 않았다. 나는 영흠을 두고 가게를 뛰쳐나갔다.

영흠이 사갔던 꽃들은 대체로 따스한 분위기가 나는 꽃들이었다. 주로 흰색이나 분홍, 크림색이나 주황색 계통의 색감을 많이 사용했다. 그런 점에서 이번의 수국 다발은 차가운 느낌이 들었다. 게다가 꽤나 화려하고 제법 큰 다발에 속했다. 그동안 영흠이 주문했던 꽃들과는 사뭇 다른 분위기였다. 하필 그 다발을 내게 내민 것이다. 그것이 농담 끝의 즉흥적인 행동이었다 해도, 그래서 아무 뜻이 없었다 해도, 나로서는 무의미한 꽃처럼 받아들일 수는 없었다.

나는 작업대 위에 덩그러니 놓인 수국 다발을 쳐다보며 골몰했다. 나를 기만한 행동은 아닐까. 내가 불쾌해야 할 정황인 걸까. 아무리 생각해도 명확한 판단이 서지 않았다. 나는 수국 다발을 쓰레기봉투에 던져버렸다. 하지만 이내 다시 다발을 꺼내 꽃냉장고 안에 넣었다. 팔아도 되는 것이었으니까. 굳이 버릴 필요까지는 없었다. 그러다 다시 영흠이 찾아온다면…… 그런데 영흠은 다시 올까? 꽃을 사기 위해서가 아니라…… 나를, 만나러, 올까?

이미 나는 영흠을 기다리고 있었다. 꽃냉장고에 넣었던 수국 다발을 꺼내 두 손에 쥐고 오래 쳐다보았다. 내가 만들었던 무수한 꽃다발 중에 하나일 뿐인데, 내가 만들었던 꽃다발과는 전혀 다른 꽃이었다. 나는 그 수국 다발을 집으로 가지고 갔다. 반지하방에 처음으로 들고 가게 된 꽃이기도 했다.

물론 나의 반지하방과 수국 다발은 어울리지 않았다. 애초부터 어울리지 않는 것들이 있다. 할머니와 엄마, 봄과 수국, 언니와 나, 햇빛과 나, 영흠과 나…… 같은 관계들. 주상복합아파트의 이십칠층과 반지하방이 어울리지 않는 것처럼 영흠의 아내와 나도 마찬가지일 것이다. 한 치의 공통점이 없다는 것. 서로 공유할 무엇이 전혀 없다는 것. 무엇보다도 섞일 필요가 전혀 없다는 것. 서로의 존재가 자기의 일상에 아무 영향을 미치지 않는 관계들 말이다. 그래서 상대를 고려할 이유가 전혀 없다는 무의식이 가장 큰 가늠쇠가 되는 사이들.

매일 보고, 매일 만지는 꽃이어서 그랬을까. 나는 내가 기거하는 곳에 꽃을 둘 생각조차 한 적이 없었다. 나에게 꽃은 팔아야 할 물건일 뿐이었다. 생계이며, 노동이었고 생산재였다. 낭만적인 선물이나, 마음을 전하는 표식, 욕망을 충족시키는 소비재가 아니었다. 남들에게는 당연한 소비재가 나에게는 전혀 해당되지 않는 것. 나에게 꽃은 그런 의미였다.

이런 나에게 꽃을 건네다니. 이런 내가 꽃을 받다니.

게다가 나는 그 꽃을 보고 혼자 비실거리고 있지 않은가. 영흠은 내가 이럴 줄 알고 있었을까. 알고 있을 것 같았다. 영흠이 바란 건 바로 이런 내 모습일 거란 생각까지 들었다. 말도 안 되는 공상이었지만 생각이 뻗어나가는 대로, 생각이 제 마음대로 활개치도록 내버려두었다. 왜냐하면 이런 감정의 흐름을, 나는 처음 목도하는 중이기 때문이었다.

병준과는 이렇지 않았다. 병준은 운명이라는 표현을 썼지만 나는 학습된 기억이라고 생각했다. 상처를 가진 것들은 상처를 겪은 것들을 한눈에 알아챌 수 있었다. 그들에게 배인 특유의 냄새가 보였기 때문이었다. 자기도 모르는 사이에 몸에 배인 상처가 곪고, 물러터진 후에 딱지로 내려앉아, 거친 흉터로 남기까지의 세월이 만든 냄새인 탓이었다. 그것을 알아내는 감각은 직관적으로 발생된 것이 아니라, 전적으로 경험으로 훈련되어 발달된 감각이었다.

그렇기 때문에 병준이 허물없이 내게 다가왔던 것처럼, 나 역시 병준에게 거리낌없이 다가갔을 것이다. 병준과 나는 서로를 마다하지 않았다. 그러는 이유에 대해서 궁금해하지도 않았다. 다만 병준은 운명이라는 거창한 단어로 포장을 했고, 나는 기억이 만든 자기방어라고 시인할 뿐이었다. 여하튼 병준의 키가 그렇게 작지 않았다면, 내 얼굴에 화염상모반이 없었다면 지금과는 달랐을 테니까. 그렇지 않다면 그해 새벽, 도매시장의 좁은 복도 구석에서 처음 마주쳤던 그 순간, 내가 병준과 관계를 맺게 될 것을 어떻게 알았겠는가.

불현듯, 영흠의 목덜미 상처가 다 아물었는지 궁금했다. 영흠은 자기 상처가 어떤 모양의 흉터로 남았는지 알고 있을까. 손으로 만져보기는 했겠지. 그 느낌은 어떨까. 내 얼굴처럼 분명한 흉터종은 아니지만, 그래도 원래의 피부와 다른 결이지는 않을까. 나는 영흠의 상처를 내 손으로 직접 만져보고 싶었다.

자국

화이트데이를 이틀 앞둔 수요일 저녁이었다. 대목이라면 대목이었다. 꽃과 사탕을 함께 묶은 다발이나, 아예 사탕으로만 만든 다발을 만들어 팔기도 했다. 동그란 플라스틱 홀더에 색소만 들어 있을 막대사탕 열 개를 원형으로 꽂고 레이스 리본만 둘러 만든 사탕 다발은 만 원, 츄파춥스 사탕을 두 개 더 첨가하고 주름을 만든 포장지를 둘러 크기를 키운 사탕 다발은 만오천 원, 거기에 꼬마 LED전구를 넣은 건 이만 원으로 가격을 잡았다. 혜조가 싸구려 사탕 하나를 입에 넣고 우물

거리며 고개를 가로저었다.

"알고 있으니까, 조용히 해."

"저, 아무 말도 안 했어요."

대답은 그렇게 하면서도 혜조는 연신 키득댔다. 내가 봐도 조악하기 그지없는 사탕 다발이었다. 그래도 어쩔 수 없었다. 꽃집이라고 해서 꽃만 팔았다가는 진작 문 닫았을지 모른다. 화분이나 화기는 물론이고, 흙이나 자갈, 해충약, 원예도구나 장식품들은 기본으로 갖춰놔야 했다. 최근에는 캔들이나, 비누, 디퓨저 등을 구비했고, 매년 밸런타인데이에는 초콜릿 바구니, 화이트데이에는 사탕 막대기, 핼러윈에는 호박 바구니라도 걸어놔야 했다. 꽃을 파는 것도 돈을 벌기 위해서인데, 사탕이나 호박 바구니가 어떤가 싶다가도, 이건 아니다 싶을 정도로 조악한 물건들을 내놓을 때는 내 스스로도 면구스럽기는 했다. 하지만 대학생들이나 이벤트데이의 적잖은 소비자가 되는 중·고등생을 고려한다면 당연히 저가의 물건들도 구비해놔야만 했다. 그나마 단가가 조금 센 레이스를 쓴다든가, 촌스러운 포장지는 피한다든가, 너무 원색적인 LED전구는 피하는 것으로 나름의 타협점을 잡았다. 물론 그래봤자,라는 것을 누구보다도 내가 더 잘 알았다. 혜조가 그런 나를 비난하는 것이 아니라, 그런 현실을 비꼬는 것이라는 것도 잘 알았다. 하지만 혜조의 키득거림은 마치 나를 향한 손가락질 같아서 마음이 편할 리는 없었다.

"그만 웃고, 이거나 마저 끝내놔."

나는 정색을 하고 자리에서 일어났다. 그래도 혜조는 웃음기를 거두지 않았다. 어지간한 상황에서도 기가 눌리지 않는 건 젊어서 그런 것인지, 요즘 애들의 특징인지 나는 정말 의아했다. 여하튼 혜조는 쪽쪽 소리내 사탕을 빨며 손을 재게 움직였다. 물론 혜조는 내가 겪었던 어떤 아르바이트생들보다 성실한데다 손이 빠르고 진득한 성격이었다. 일주일에 세 번씩, 일 년이 넘도록 단 한 번도 결근을 한 적이 없는 혜조였다. 나는 가끔 혜조를 볼 때마다 혜조와 같은 나이였던 나를 떠올려보곤 했다. 스물두 살 이맘때의 나는 아르바이트 자리조차 얻지 못하는 휴학생이었다. 대학생이면 할 수 있는 과외는 고사하고, 그 흔한 패스트푸드점이나 식당의 서빙조차 할 수 없었다. 사무 아르바이트는 꿈도 못 꿨고, 심지어 학교 근로 학생 심사에서 면접 기회조차 얻지 못했다. 학교의 선생들이나 동급생들에게 받았던 왜곡된 시선이나, 멸시, 조롱 따위는 차라리 나았다. 세상은 나 같은 존재 자체를 아예 인식하지 못했다. 대꾸할 가치조차 없는 존재, 쳐다볼 이유조차 없는 존재, 신경 쓸 겨를도 없는데다 필요도 없는, 어느 날 갑자기 사라져도 하등 이상할 게 없는, 한낱 먼지와 같은 것이었다. 그걸 처음 깨달은 게 그 나이 무렵이었다. 아무리 내가 당당하게 고개를 들어도, 아무리 내가 성적이 좋아도, 아무리 내가 멀쩡한 정신을 가지고, 올바른 성격을 소유했다 해도, 그건 아무런 필요가 없는 항목이었다. 그러니까 나는 애초에, 처음부터, 이 따위의 얼굴을 가졌다는 이유만으로 존재해서는 안 될 괴물이었다.

"너 똑바로 해, 내가 다 확인할 거야."

혜조가 혀를 날름거리며 히죽 웃었다. 나는 담배를 집어들고 건물 밖으로 나섰다. 전화가 걸려온 건 그때였다. 언니였다.

— 아버지 입원시켰어.

담배를 입에 물고 라이터 불을 켜던 나는 우뚝 멈

췄다.

— 무슨 돈으로?

— 지금 돈이 문제가 아닌 것 같아.

중환자실에 있다는 것이었다.

— 아무래도 힘들 것 같다.

— 병원에서는 뭐라는데?

— 준비를 하래. 길어야 보름이라고.

언니의 목소리는 담담했다. 보름이라는 시간이 실감 나지 않았다.

— 형부는?

— ……

— 그럼 병원은 어떻게 다녀? 애는?

— 같이 다녀.

— 뭐 좋은 데라고.

언니는 말을 잇지 못했다. 어릴 적 나를 향해 괴물이라고 소리치던 언니는 언제부터 이렇게 변한 걸까. 엄마 제사는 자기가 차리겠다고 선언하던 언니의 서슬 퍼런 목소리는 왜 이렇게 맥이 빠진 걸까. 결국 돈 때문인 건가. 나는 담배연기를 길게 내뱉었다. 저기, 큰길에서 이쪽 골목으로 들어선 여자가 보였다. 이상하게 시선을 잡아끄는 여자였다. 왜 그런 걸까. 나는 언니의 낮은 숨소리를 들으며 여자를 계속 주시했다. 언니는 면회시간을 알려주었다. 새벽녘과 저녁 무렵뿐이라 했다.

— 면회는 그 두 번밖에 안 돼.

이유를 알았다. 너무 마른 체구였던 것이다. 깡말라 건들기만 해도 산산이 부서질 것 같았다. 그럼 이내 가루로 변해 사방으로 흩어질 것이었다. 영양실조에 걸렸거나, 웃자란 기형의 어린애처럼 보였다. 그런데 어딘지 낯이 익은 얼굴이었다. 어디서 봤더라……

— 아버지가 정신이 돌아올 때마다 너를 찾아.

— 이번주는 바빠. 화이트데이에 입학식도 몰려 있고.

— 그래. 바쁘면 할 수 없고.

병원에 못 가볼 만큼 바쁘지 않았다. 아무리 바쁘다 해도 열 일 제치고라도 죽어가는 아버지를 찾아가는 게 마땅했다. 당장이라도 가게 문을 닫고 달려가야 정상이었다. 모르지 않았다. 다만, 나는, 언니에게 알겠다는 답변을 단번에 들려주고 싶지 않을 뿐이었다. 그건 나의 오랜 습관이었다. 언니라고 모르지 않을 터였다. 어느새 여자가 가게 앞까지 다가왔다. 여자의 깡마른 손에 쥐어진 건 '선-플라워'라고 적힌 내 명함이었다. 여자가 간판을 올려다본 후 명함을 확인했다.

— 손님 오셨어. 다시 전화할게.

내 목소리에 여자가 고개를 돌렸다. 눈이 마주쳤다. 그 순간, 여자가 누군지 정확히 떠올랐다. 주상복합아파트 이십칠층, 영흠의 아내였다.

가게로 들어서자 포장지 작업을 마친 혜조가 퇴근한다며 꾸벅 인사를 하고 나갔다. 손끝도 야무져 그새 청소까지 말끔하게 끝낸 상태였다. 나는 혜조를 보내고 작업대 안으로 들어가 여자를 향해 몸을 돌렸다. 그제야 내 얼굴을 본 여자가 놀란 표정을 감추지 못했다. 어둑한 밖에서는 내 얼굴을 제대로 못 보았던 모양이었다. 나는 여자가 내 오른쪽 얼굴을 보는 내내 가만히 기다렸다. 손으로 가리지도 않고 고개를 숙이지도 않았다. 어쩐지 그래도 될 것 같았다. 창피하거나 불편한 기색이 느껴지지 않았다. 한참 내 얼굴을 응시하던 여자가 문득 정신을 차린 듯 말문을 뗐다.

"죄송합니다."

나는 여자가 쥐고 있는 명함으로 시선을 가리켰다.

"아, 이거……"

여자가 명함을 작업대 위에 올려놓았다. 붉은색 종이에 금색으로 '선-플라워'라고 적힌 명함은 네 모서리가 나달거렸다.

"명함은 어떻게?"

"꽃포장가방 안에 들어 있어서……"

"아. 저희 집에서 보낸 꽃 선물을 받은 분이신가보네요. 꽃은 마음에 드셨나요?"

"네. 다 예뻤어요."

나는 얼굴을 감싸고 웃음을 지었다. 여자도 희미하게 따라 웃었다. 밖에서 마주쳤던 여자가 그새 다른 여자로 변한 것 같았다. 너무 말라 볼품없어 보이는 몸이었지만 고급 브랜드의 옷 때문인지, 얼굴에 드리워진 그늘이 사라져서인지, 순한 눈빛이 되어서인지, 낯빛이 조금 나아진 듯 보이기도 했다. 그래도 피부가 까맣게 타들어간 것처럼 흙빛인 걸로 봐서는 건강에 문제가 있는 모양이기는 했다.

"그런데 무슨 일로……"

"아! 꽃이요. 꽃을 사려고요."

"선물하시려고요?"

여자가 원한 건 다발이었지만 나는 바구니를 권했다. 선물이 아니라 집에 놓을 거라서 더욱 바구니가 적당하다고 말했다. 물론 다발로 구입해 집 안 곳곳에 몇 송이씩 나눠 꽂아둘 수도 있었다.

"하지만 귀찮으시니까, 바구니로 하시는 게 편해요. 화분 키우는 마음으로 제때 물만 넣어주면 되거든요."

여자는 마치 처음 꽃을 사보는 사람이라도 된 듯, 나에게 전적으로 다 알아서 해달라고 부탁했다. 나는 빈티지 분위기의 영문 프린트가 새겨진 손잡이 달린 목재상자를 골랐다. 나는 영흠이 건넸을 꽃들과는 다른, 색감이 선명해 생동감이 느껴지는 분위기로 만들고 싶었다. 나는 목재상자의 크기를 가늠하며 꽃냉장고에 들어있는 꽃들을 살폈다. 호접란과 거베라, 장미, 조팝나무꽃, 왁스플라워, 리시안셔스, 유칼립투스, 프리지어, 명자란과 옥시를 사용하면 될 것 같았다.

우선 물이 흘러나오지 않도록 나무상자 안쪽을 오피

피필름으로 감싸고, 플로랄폼을 상자보다 일 센티미터 정도 높게 세팅했다. 큰 꽃은 아래쪽에 꽂고, 중간 크기의 꽃은 위쪽으로 길게 꽂아 전체적으로 직사각형 형태가 되게 했다. 수평으로 길게 장식하는 꽃이어서 위쪽의 높이를 일정하게 유지하도록 신경썼다. 발랄한 거베라와 새초롬한 장미, 우아한 호접란과 있는 듯 없는 듯 빈 공간을 촘촘히 채워주는 프리지어, 군데군데 얼굴을 내민 귀여운 옥시까지, 재미있는 구성이 되었다. 게다가 선명한 다홍색, 주황색, 노란색과 아이보리, 흰색과 진초록가 의 조합이 싱싱한 느낌을 부여했다. 나는 꽃이 가득 꽂힌 목재상자를 여자 앞으로 내밀었다. 괜찮으신가요? 여자가 고개를 끄덕였다.

"예쁘네요."

"고맙습니다."

"저기……"

여자가 한참 주저한 끝에 말을 이었다. 영흠을 아느냐는 질문이었다. 나는 잘못한 것이 없는데도, 가슴이 뛰었다.

"혹시 꽃 선물을 하셨던 분이 영흠 씨인가요?"

"네."

"언제 무슨 꽃을 하셨는지 제가 다 기억을 못해서……"

"지난번 집으로 배달도 해주셨는데."

불쑥 들어온 남자 손님이 예약했던 과일꽃바구니를 찾아갔고, 그러느라 대화가 끊겼다. 그사이 여자는 가게 구석구석을 살피고 서성이며 나를 기다렸다. 남자 손님이 가고 나서야 여자가 다시 입을 뗐다.

"꽃꽂이라고 하나요? 이런 걸 배우고 싶으면 어떻게 해야 하나요?"

여자가 손에 쥔 꽃상자를 가리켰다.

"취미로요?"

"막연히, 그냥 배워보면 좋겠다는 생각이 들었어요. 그쪽이 만든 꽃을 보니 참 예뻐서."

"취미로 배우려면 문화센터나 백화점 등에 강좌가 있을 거예요. 전문적으로 배우려거든 플로리스트 과정 클래스에 들어가 정규수업을 받기도 하고요. 창업을 원한다면, 저는 말리고 싶고요."

"왜요?"

"꽃 경기가 워낙 안 좋으니까."

"그쪽은 하고 있잖아요."

나는 대답하지 않고 그냥 웃기만 했다. 꽃집을 내겠다고, 혹은 꽃꽂이나, 플로리스트가 되겠다고, 아니면 취미로 배워보겠다며 방법을 물었던 사람들은 무수히 많았다. 그러나 그들의 희망을 기억하는 사람은 나뿐이었다. 그런 말을 꺼냈던 사람들 중에 정말로 다시 찾아온 사람들은 없었다. 이 여자도 그런 사람이겠지. 그런데 아니었으면 했다. 왜인지, 그건 나도 모를 일이었다.

"가끔, 이렇게 들러서 그쪽이 꽃꽂이하는 걸 구경해도 되나요?"

"아뇨."

꽃과 함께 있다고 해서 꽃처럼 예쁘고 우아한 일이라고 생각하는 것부터 버려야 꽃 작업을 할 수 있어요. 꽃 일은 몸을 쓰는 일이거든요. 도매시장에서 꽃을 사오고, 손님에게 꽃다발을 만들어주고 파는 일이 전부가 아니라는 뜻이죠. 매일 시든 꽃을 정리하고, 식물을 관리하고, 화기와 토분, 흙과 자갈을 만져야 한다는 얘기예요. 일 년 열두 달 열 손가락이 습진으로 마를 날이 없어요. 손목이 움직여지지 않을 정도로 꽃을 잡아야 하는 날도 있고요. 그게 제가 하는 일이에요.

"꽃이 좋으시면, 정말로 꽃이 산더미처럼 쌓여 있는 도매시장을 둘러보시거나, 화훼단지를 다녀보세요. 아니면 꽃에 관련된 사진집이나 플로리스트들의 작품집을 곁에 두고 보시면 됩니다. 그게 손님이 원하는 꽃을 즐기는 아름다운 방법이에요."

여자가 한동안 조용히 눈을 내리깔았다. 무안하라고 한 말은 아니었다. 다만, 완성된 꽃바구니만 보고 꽃을 만드는 일을 낭만적이라고, 꽃과 함께 지내는 일상이어서 행복할 거라고 함부로 추측하는 사람들에게 꼭 그런 건 아니라고 말해주고 싶었던 것이다.

"그이가 왜 여기에서 꽃을 샀는지 알겠네요."

"제가 다른 건 몰라도 꽃 하나만큼은 제대로 된 걸 쓰거든요. 그것만큼은 보장할 수 있어요."

"아무튼 실례가 많았습니다."

여자가 꽃상자를 들고 가게를 나섰다. 너무 가느다래서 휘적휘적 걷는 모습이 위태로워 보였다. 어쩐지 내가 못된 사람이 된 것 같았다. 나도 모르게 여자를 불러세웠다.

"꽃이라는 게 배우지 않아도 할 수 있는 일이기도 하죠. 꽃을 사가셔서 집에서 직접 만들어보세요. 따지고 보면 가위와 끈만 있으면 되는 일이잖아요."

여자가 되물었다.

"뭐든지 기본이 있어야 하잖아요. 길이는 어느 정도라든지, 모양은 어떻게 내야 한다는지. 꽃마다 다루는 방법들도 다 다를 테고요. 저는 그런 것을 모르니까……"

나는 서랍에 넣어두었던 책들 중에서 몇 권을 꺼내 여자 앞으로 내밀었다.

"책만 봐도 알 수 있어요. 도감이라든지, 상품 연출에 관한 책도 많고요."

"여기서 직접 배울 수는 없을까요? 수업료를 드릴게요."

"손님들이 수시로 들락거리는 곳이에요. 보시다시피 공간도 좁고요. 제대로 가르쳐드릴 것도 없거니와, 제대로 배울 수도 없는 분위기예요. 나중에 창업하실 거면, 전문기관을 찾아가시고. 취미로 배우실 거면, 혼자

해보셔도 된다는 뜻이에요. 굳이 저한테 배울 이유가 없어요."

"저는, 그쪽이, 아니, 사장님이 만들어주는 스타일대로 꽃을 만들고 싶어요."

나 역시 책에서 본 것들을 혼자 연습해보고, 똑같이 따라 만들었을 뿐이었다. 엄연히 말하면, 내 스타일도 아닌 것이었다. 그것까지도 밝혔는데도, 여자는 뜻을 굽히지 않았다.

"그렇게 절실한 이유가 뭐예요?"

여자가 다시 입을 다물었다.

"영흠 씨에게서 연락이 없어요?"

여자의 뾰족하게 솟은 어깨가 미세하게 떨렸다. 수국 다발을 받지 않았다면 이러지 않았을 텐데. 나는 여자에게 물러섰다.

"그럼 가끔씩 놀러오세요. 배운다는 생각 말고요. 오셔서 같이 꽃도 만져보고. 제가 좀 봐드릴게요."

여자가 고개를 끄덕였다. 가게를 나서는 여자를 나는 한 번 더 불러세웠다.

"이름이 어떻게 돼요?"

"가희. 최가희예요."

"잘 가요, 가희 씨. 또 봐요."

영흠과 가희가 부부였다는 것이 머릿속에 잘 그려지지 않았다. 적어도 영흠은 건강한 체구의 밝은 표정을 지닌 남자였다. 가희는 비정상적으로 마른 몸에 병색이 완연한 사람이었다. 영흠의 말대로라면 먼저 헤어지자고 한 건 영흠이라고 했다. 아픈 사람에게 헤어지자고 했다는 건가. 아니면 헤어지자고 해서 저렇게 된 걸까. 나로선 알 수 없는 노릇이었다.

수국 다발을 내게 건넨 뒤로 영흠은 가게에 나타나지 않았다. 영흠의 연락처를 알고 있었지만 영흠에게 전화를 걸 명분이나 이유가 전혀 없었다. 영흠에게 받은 수국 다발은 그대로 시든 채 아직도 반지하방에 놓여 있었다. 수국도 드라이플라워로 사용되지만, 반지하방에서 말릴 수 있는 꽃은 아무것도 없었다. 곰팡이가 먹기 시작한 수국은 악취를 풍기며 까맣게 타들어갔다. 나는 그걸 부러 치우지 않고 내버려뒀다. 하루하루 썩어가는 꽃을 보는 일은 하루하루 피어나는 꽃을 보는 일과 같은 의미였다.

전화기를 만지작거리던 나는 어느새 언니의 번호를 띄워놓고 있었다. 하지만 통화버튼을 누르지는 않았다. 대신 아버지 번호로 전화를 걸었다. 이내 통화음으로 연결되었다. 나는 꺼짐 버튼을 눌렀다. 아직은 살아 있다는 사실도, 보름쯤 뒤에는 세상에 없을 거라는 사실도 믿어지지 않았다. 병준에게 전화를 걸었다. 병준은 병원이라고 했다.

— 농장으로 가기 전에 들를래?

— 오늘은 내가 병원 당번인데……

내가 그쪽으로 갈까? 병준이 대답을 꺼렸다. 알았어. 그럼 나중에 농장에서 봐. 병준은 미안하다고 했다. 나는 미안한 일은 아니라고 대답했다. 전화를 끊었다. 가게를 나서야 하는데, 좀처럼 움직이기가 싫었다. 거리는 버스정류장으로 향하는 사람들의 종종걸음으로 분주해 보였다. 나는 천천히 작업대를 치우고, 꽃냉장고 안의 시든 꽃들을 추려냈다. 시든 꽃을 짧게 잘라 유리 화병이나 작은 흰색 화기들에 옮겨담았다. 그러다 떨어진 꽃잎들 중에 상태가 양호한 것들은 물을 담은 유리 접시 위에 띄웠다. 내친김에 예전부터 해보고 싶었던 캔들리스를 만들기 시작했다. 지름이 십오 센티미터쯤 되는 원형 초 하단에 장미와 다알리아, 리시안셔스, 투베로사, 카네이션, 홍화열매와 유칼립투스로 긴 타원형 형태가 되도록 리스를 만드는 작업이었다. 초에 맞붙는 부분, 즉 리스의 중심부로 갈수록 도톰한 부피감을 줄 수 있도록 꽃의 높이를 조절하는 일이 까다로웠다. 꽃을 만지다보면 시간이 어떻게 흐르는지 몰랐다.

고개를 들어보니, 주변 상가들의 불이 거의 꺼진 상태였다. 자정이 훨씬 넘은 시간이었다. 나는 완성된 캔들리스를 꽃냉장고 안에 두고, 작업대를 정리했다. 가게를 나선 건 결국 새벽 세시가 다 되어서였다. 배도 고프고, 어깨도 아팠다. 겨울보다 나을 것 없는 3월의 밤공기가 온몸을 파고들었다. 그래도 나는 집까지 천천히 걸어갔다.

절화

언니에게 말한 것처럼 화이트데이가 바쁘진 않았다. 이벤트 데이가 대목인 것도 옛날 일이었다. 그런 날이면 문방구와 팬시점, 심지어 가판도 극성이었다. 단가를 낮춘다고 낮췄는데도 준비했던 사탕 다발의 반도 팔지 못했다. 예약 손님 서넛, 장미 한두 송이를 파는 것이 전부였다. 해가 지고 퇴근시간이 돼서야 준비해두었던 미니 꽃다발과 사탕 다발을 좀 더 팔 수 있었다. 혹시나 싶어 다른 날보다 늦게까지 가게에 있었다. 거리엔 선물꾸러미를 든 커플들과 삼삼오오 뭉쳐다니는 젊은이들만 눈에 띄었다. 그들을 바라보는 것만으로도 충분히 피로했던 하루였다.

어떻게 잠들었는지도 몰랐다. 꿈결이었나. 아버지가 침상에 앉아 나에게 손짓을 했다. 나는 선뜻 다가서지 못했다. 주춤주춤 물러서는 내 등을 밀친 건, 엄마였다. 엄마! 하고 소리를 지르는데, 엄마가 할머니로 변하고, 할머니가 다시 언니로 변했다. 눈을 뜨니 전화벨이 울리고 있었다. 방 안은 시퍼런 기운이 맴돌았다.

— 일반실로 옮겼어.

— 호전된 거야?

— 중환자실에 계실 이유가 없다고.

— 그게 무슨 뜻이야?

— 아마, 며칠 못 버틸 것 같대. 호흡기 단 채로 옮겼어.

— 내가 지금 가야 돼?

— 언제 어떻게 될지 모르긴 해. 그래도 아버지 가는 마지막인데, 너 안 봐도 되겠어?

— 호흡기를 달았으면 의식도 없다는 말이잖아.

— 그렇기야 하지.

임종을 지키는 것이 자식의 도리라는 걸 모르는 바가 아니었다. 하지만 나에게 의미가 없었다. 이미 내 안에 사라진 지 오래된 사람이었다. 의식도 없는 아버지 앞에 서 있어봤자 아버지는 인식을 못하는 상황이다. 느낌조차도 없을 것 아닌가. 혹여 잠깐 의식이 돌아와 마지막으로 자식을 보았다 한들, 그것이 아버지의 죽음에 다른 의미가 보태지는 것도 아니었다. 그렇다고 아버지의 생에 다른 의미가 부여되는 것도 아니다. 죽으면 그것으로 끝이었다. 죽으면 아무것도 아니었다. 죽는 사람에게 마지막 기억 따위가, 마지막 만남이 무슨 의미가 있나. 시계를 보니 막 여섯 시가 된 참이었다. 택시를 탄다면 삼십 분이면 도착할 수 있었다.

전화를 끊고 담배를 피워물었다. 예상하지 않은 건 아니었지만, 갑작스러운 일이기는 했다. 죽을 사람은 죽을 사람이고, 산 사람은 살아야 했다. 나는 혜조에게 문자를 넣었다. 내가 일이 좀 있어서, 네가 가게 문 열어야겠다. 문자를 보내기 직전에, 일이 좀 있어서,를 삭제했다. 가게 문 네가 열어. 다시 전화할게. 전송을 하고서 담배연기를 깊게 빨아들였다. 병준에게도 문자를 남겼다. 당분간 농장에 못 갈 듯. 정리되면 연락할게.

간단히 샤워를 하고 옷을 입었다. 내가 가진 옷은 모두 어두운 색깔이었다. 그중에서 가장 점잖은 바지와 티셔츠를 꺼냈다. 가방에 세면도구와 속옷을 챙기고, 검은색의 여벌옷도 두 벌 더 챙겨넣었다.

택시의 속도계는 백오십 킬로미터를 넘나들었다. 마음 같아서는 병원에 가는 중에 아버지가 임종했기를 바랐다. 나는 차마 아버지의 마지막 숨을 지켜볼 자신이 없다는 것을, 그제야 깨달았다.

병실 앞의 환자명부에 아버지의 이름이 적혀 있었다. 양대석. 그 뒤에는 '65'라고 적혀 있었다. 예순다섯. 결코 긴 일생은 아니었다. 하지만 아버지에게는 긴 생애였을 것이다. 나는 조심스럽게 미닫이문을 열었다. 커튼이 쳐진 침상 사이, 의자에 앉아 있는 언니의 뒷모습이 보였다. 천장 가까이에 달려 있는 텔레비전을 보느라 고개가 하늘을 향한 것처럼 보였다. 소리를 켜지 않은 채 화면만 나오는 아침뉴스였다.

그억그억 숨을 쉴 때마다 아버지에게 달려 있는 여러

기계가 불규칙적인 신호를 그리며 불규칙적인 숫자를 기록하고 있었다. 아버지의 얼굴은 해골 같고, 배는 살갗이 터질 것처럼 부풀어올라 있었다. 아버지 침상 아래의 보호자용 간이침대에는 조카애가 모로 누워 자고 있었다. 조카애를 보니 그제야 이게 뭔가, 싶었다. 언제 왔어. 갈라진 목소리로 나를 맞이한 언니는 목이 삐딱하게 굽은 채였다. 밤새 의자에서 잔 모양이었다.

"애 깨워서 밥 먹이고 학교 보내."

"며칠 빠진다고 큰일 안 나."

"그럼 집에 가서 편히 재워. 언니도 좀 제대로 자고."

언니가 아버지와 아이를 번갈아 쳐다봤다. 감추지 못한 한숨이 길게 새어나왔다.

"여기 있을 시간 돼?"

"다녀오라고. 내가 있을 테니까."

언니가 아이를 흔들었지만 좀처럼 잠에서 깨지 못했다. 내가 아이를 들어 언니 등에 업혀주었다. 조카애는 제법 묵직했다. 그런데도 언니는 가뿐하게 아이를 들춰 업고 병실을 나섰다. 언니가 앉았던 의자는 언니의 엉덩이 모양으로 눌려 있었다. 나는 언니가 앉아 있던 의자에 앉았다. 그 자리는, 언니가 앉아 있었던 만큼의 온기가 느껴졌다. 언니의 발소리가 멀어져가는 게 들렸다. 까무룩 잠이 쏟아졌다.

갑자기 요란한 소리가 들렸다. 아버지가 발작을 일으키고 있었다. 아버지는 눈을 번쩍 뜨고 팔을 휘저었다. 눈을 뜨면 감질 못했고, 휘저으려고 뻗은 팔은 제자리로 떨어지질 않았다. 아버지의 몸에 달린 기계가 붉은색을 깜박이면서 날카로운 신호음을 뱉었다. 간호사를 호출했다. 진통제 때문에 눈꺼풀이 감기지 않는다고 했다. 팔을 휘젓는 건 무의식적인 행동이라며, 팔이 올라가면 그때마다 끌어당겨 내리면 된다고 설명해줬다. 일반적인 징후라고도 덧붙였다. 간호사의 어조는 무심했다. 간호사가 나가고 난 뒤, 얼마 안 있어 아버지는 다시 또 팔을 허우적거렸다. 하지만 나는 아버지의 손을 잡을 엄두가 나지 않았다.

긴 병에 효자 없다고 했다. 오래 간병할 일을 만들지 않은 아버지에게 감사해야 할지도 몰랐다. 어쩌면 병간호를 하지 않도록, 갑작스럽게 죽음에 다가선 건, 아버지가 내게 남긴 유일한 선물일지도 몰랐다. 그억거리는 아버지의 불규칙한 숨소리마저 순조롭게 들리기 시작했다. 침상의 환자들이 하나둘 일어나기 시작했고, 간병인들의 분주한 발소리가 이어졌다. 병동에 음식 냄새가 이내 가득 차올랐다. 비위에 안 맞는 냄새였는데도 급작스런 허기가 몰려왔다.

병실의 아침식사가 얼추 끝나갈 무렵, 혜조에게 전화가 걸려왔다. 나는 간략히 사정을 밝혔다. 혜조에게는 오늘까지만 가게 문을 열라고 했다. 아무래도 당분간은 가게 문을 닫아야 할지 모르니 물 때 맞출 식물들을 미리 다 챙기라고 당부했다. 오늘 나갈 예약상품들을 일러뒀고, 당분간 예약주문은 받지 말라고도 일렀다. 나머지는 내가 알아서 할 테니, 아르바이트하는 요일에나 잠깐씩 들러 꽃과 식물 상태나 좀 살피라고 덧붙였다. 혜조는 울먹이는 목소리로 괜찮냐 물었다.

— 누구? 나? 아버지?

— 두 분 다요.

— 난 괜찮고, 아버진 곧 가실 것 같아.

— 무슨 말을 그렇게 해요.

— 내가 뭐 틀린 말 했어? 아무튼 나 없어도 가게 잘

보고. 무슨 일 있으면 연락해.

혜조는 그러겠다고 대답했다. 마치 비장한 임무라도 맡은 듯 결연한 목소리였다. 나도 모르게 웃음이 비어져나왔다.

— 뭐가 그렇게 심각하니?

— 네?

혜조가 중학생이었을 때 엄마가 돌아가셨다는 이야기를 얼핏 들었던 기억이 났다. 나는 목소리를 누그리며 말을 이었다.

— 겪을 일 겪는 중이니까, 괜히 걱정할 필요 없어. 네가 심란해할 필요도 없고. 가게나 잘 봐.

전화를 끊기 직전, 혜조는 어느 병원이냐고 물었지만 나는 찾아올 필요 없다고 단호하게 말했다. 곧이어 병준에게도 전화가 걸려왔다.

사정을 다 들은 병준은 잠시 아무 말도 하지 않더니, 낮은 목소리로 왜 이제야 알렸느냐고 첫마디를 뗐다. 그러고는 누구와 같이 있느냐 물었다. 다음 질문은 밥은 먹었냐는 것이었다. 병준의 목소리가 조금 날카롭게 들렸다.

— 이 와중에 밥은 무슨. 생각도 없고.

— 누워 있는 사람보다 옆에 있는 사람이 더 진 빠져. 뭐 좀 먹어.

— 알아서 할게.

— 내가, 갈까?

— 왜?

병준이 오겠다는 이유를 몰라서가 아니었지만, 그렇다고 선뜻 오라고 할 수도 없었다. 못 올 이유는 없지만 아버지가 저 모습으로 누워 있는 걸 보이고 싶진 않았다. 적어도 처음으로 보이는 내 가족인데. 최소한의 자존감은 세우고 싶었다.

— 왜냐고? 지금 나한테 왜냐고 물은 거야?

— 안 와도 된다는 뜻이었어. 괜히 말꼬리 잡지 마.

— 그럼 오지 말라고 했어야지. 왜냐고 물을 것까지 없었잖아.

— 왜 그래? 무슨 말이 하고 싶은 거야?

— 내가 거기 못 갈 사람이냐고 묻는 거잖아!

— 와서 뭐 할 건데? 병원 생활 뻔히 잘 아는 사람이 왜 그래? 우리가 언제 그렇게 살뜰했다고.

— 자꾸 거리를 둔 건 너야. 기회를 안 준 것도 너라고. 그런데 왜 내 잘못으로 몰아가!

— 지금 호흡기 차고 있는 사람 못 봐서 이 난리인 거야? 대체 의식 없는 사람을 봐서 뭐 하겠다는 건데? 올 거면 죽고 나서 장례 치를 때나 오면 될 거 아냐!

— 지금처럼 너 혼자 있을 때 아버지 돌아가시면? 너 혼자 감당할 수 있겠어? 있겠냐고! 그래서 널 혼자 두는 게 싫다고! 내 마음 모르겠어?

— 알아도 몰라! 알아서 모른다고!

나는 전화를 끊어버렸다. 병실의 사람들이 모두 나를 쳐다보고 있었다. 아버지의 호흡은 여전히 불안했고, 병준에게는 다시 전화가 걸려오지 않았다.

오늘내일이라던 아버지는 끈질기게 생을 부여잡고 있었다. 기계와 약물에 의지한 생명 연장도 생의 존중이라고 받아들여야 하는 상황이 나는 못마땅했다. 이미 아버지는 죽은 사람과 마찬가지였다. 그런데도 살아 있다고 받아들여야 하는 현실이 나는 영 이상했고 불편했다. 병실의 사람들이 건네는 과일이나 음료수를 거절하는 것도 번거롭고, 시시때때로 걸려오는 혜조의 전화를 받는 것도 지겨웠다. 그러지 말라는데도 혜조는 굳이 가게를 매일 열고 있었다. 언니는 조카를 맡길 곳을 알아보겠다고 했지만 생각처럼 여의치 않은 모양이었다. 어쩔 수 없이 조카애가 하교한 오후에는 언니를 집으로 보냈다. 언니는 병원에 데리고 와 있으면 된다고 했지만 나는 여덟 살짜리를 반나절씩 병원에 두는 게 마뜩지 않았다. 나는 조카애가 학교에 간 오전에만 병원을 벗어날 수 있었다. 예약주문이 있는 날에는 가게로, 없는 날에는 도매시장으로 가 꽃을 구매했고, 집으로 가는 날에는 간단히 씻고 곧바로 병원으로 돌아오는 일만으로도 숨가빴다.

그러는 동안 언니는 아버지 장례 준비를 하는 모양이었다. 도시 외곽의 가족묘나 공원묘지를 알아보는 눈치였다. 짐작하건대 그마저도 비용에 따라 천차만별일 것이었다. 엄마는 묘도 쓰지 않았는데, 아버지 묘를 쓸 필요가 있을까. 누가 찾아간다고. 언니와 내가 살아 있는 동안은 모르겠지만, 언니와 내가 사라진 뒤에는. 찾아갈 사람 없는 애도의 공간이 무슨 의미가 있을까. 나는 언니에게 화장을 하자고 했다. 엄마처럼.

"그게 영 걸리면 납골당 같은 것도 있고. 나는 묘는 안 썼으면 좋겠어."

"그래. 네가 그렇게 생각해주면 나는 더 좋고."

언니는 생각보다 흔쾌히 응했다. 언니는 이미 지쳐 있었다. 매일 마주하는 언니는 병원에서 매일밤을 보내는 나보다 더 피로해 보였다. 얼굴의 흉터 때문에 중학교 시절부터 화장을 했던 언니였다. 어렸을 적부터 외모에 관심을 두어서였는지, 언니는 때마다 미용실에 가는 것을 당연히 여겼고, 피부는 물론이고, 손톱, 발톱 하나하나에도 세심히 공을 들이는, 자기 외모에 지극한 정성을 쏟는 여자였다. 늘 검은 옷에 검은 모자를 눌러 쓰고 다니던 나와는 완벽한 대척점에 위치한 여자였다. 그런 언니가 길게 자란 머리를 그냥 한 갈래로 묶고, 화장기 하나 없는 맨얼굴로 다니고 있었다. 마흔도 안 된 언니의 귓가에 흰머리가 군데군데 박혀 있었다. 뽀얗던 얼굴이라고 기억되던 언니의 피부는 잡티와 주근깨가 소복했다. 왼쪽 얼굴의 흉터도 예전보다 더 도드라져 보였다.

"형부는? 아직도 소식 없어?"

"죽지는 않은 모양이더라. 가끔 문자는 와."

"어떻게 하겠대?"

"걱정 마. 너까지 힘들게는 안 할게."

"아버지 집은, 어떻게 되는 거야? 정말 넘어가는 거야?"

"아니. 방법이 있을 거야. 지금 알아보고 있어."

"사채까지 썼다면서?"

"네 말처럼 시가 도움 받아야지. 이미 그쪽에서도 해 먹은 게 많긴 한데, 그래도 아직 밭은 좀 남은 모양이야. 영 안 되면 노인네들 사는 집이라도 처분해야지. 것도 안 되면 선산이라도 팔아달라고 할거야. 지금 산 사람들이 이 지경인데 조상 모실 일 있어? 안 된다고 하면 땅문서라도 훔쳐나올 거야. 맨손으로 나앉을 수는 없잖아. 애라도 없어야 뭘 어쩌지."

어릴 적, 나에게 괴물이라고 부르던 언니의 눈빛이었다. 어쩐지 그게 반가웠다.

"그래. 그런 마음이면 됐다. 그럼, 내 몫 돌려줘."

"아버지 집 팔면, 반은 당연히 네 거야."

"정말 반이다."

"알았어. 딱 반."

"사실, 자라면서, 내가 언니에 비해 받은 게 참 없는데. 그거 다 계산하면 반보다 훨씬 더 가져야 하는데."

"그건 아버지한테 따져. 난 몰라. 난 돌아가신 뒤에 처분할 거니까, 내 알 바 아냐."

"아, 진작 따질걸. 이렇게 빨리 가시게 될 줄 몰랐지."

실없는 농담 같았지만, 나나 언니나 농담만은 아닐 터였다. 그래도 모처럼 웃었다. 생각해보니 언니와 함께 웃는 일이, 내 기억으로는 처음이었다. 둘 다 동시에 웃음이 멈췄다. 아마 언니도 똑같은 생각을 한 모양이었다.

그날밤 가희가 병실에 찾아왔다. 오늘밤이 고비겠다는 말을 나흘째 들은 밤이었다. 노크 소리가 들리고 발소리가 들렸지만 나는 간이침대에 누운 채 그대로 있었다. 찾아올 사람이 없던 나는 신경조차 쓰지 않았다. 아버지의 그억거리는 숨소리는 이제 평온한 주파수의 음역처럼 느껴졌다.

"사장님."

설마, 하며 눈을 떴는데, 침상 발치에 가희가 서 있었다. 나는 벌떡 일어났다.

"좀 괜찮으세요?"

"여긴 어떻게 알고 왔어요?"

가희가 내 앞으로 꽃을 내밀었다. 지름과 깊이가 한 뼘쯤 되는 유리화기에 꽂힌 꽃이었다.

"직접 한 거예요?"

가희가 고개를 끄덕였다. 일단 화기를 받아들었다. 흰색 수국을 중심으로 리시안셔스와 라넌큘러스, 히아신스, 무스카리, 스위트피를 동그랗게 잡아 완성한 것이었다. 형태나 알맞은 높낮이, 꽃의 상태 모두 양호했다. 나도 모르게 숙제 검사하듯이 화기를 들어 아래쪽도 살피게 됐다. 화기 안에는 아이비를 한 줄 정도 말아 넣기까지 했다.

"이걸 정말 혼자 했다고요? 놀랍다!"

가희의 얼굴이 검붉게 달아올랐다.

"그나저나 아니 정말 어떻게 찾아온 거예요? 아니다, 여기서 이럴 게 아니라, 일단 나가요."

꽃부터 두시고요. 가희가 화기를 탁상 위에 올려놓았다. 허둥거리는 나를 진정시킨 건 오히려 가희였다. 병실을 오래 비워선 안 된다며 복도의 의자에 앉힌 것도, 자판기에서 음료수를 뽑아온 것도 역시나 가희였다.

"며칠 전에 병원에서 뵈었어요. 저도 이 병원에 다니고 있거든요."

"어디가 아프세요?"

"네, 좀…… 아무튼, 그래서 다음날 꽃집에 들렀는데 안 계시더라고요. 아르바이트 학생만 있고. 그 학생이 얘기해줘서 알았어요."

"그러셨군요. 그래도 이렇게 힘든 걸음 해주시고, 고맙습니다."

"아버님이 지병이 있으셨어요?"

"간암이셨어요. 마음의 준비는 하고 있어요."

"많이 힘드시겠어요."

"저야 괜찮은데, 아버지가 일흔도 안 되셔서, 조금 더 사셨어야 하는데……"

나나 가희나, 마치 어디서 배워온 대로, 순서대로 말하고 있는 듯했다. 그렇게 낮은 목소리로 말을 주고받다보니, 어느새 마음이 고요해지는 기분이 들었다. 가희가 나직하게 중얼거렸다.

"이런 말들이 어른들의 말인 거겠죠?"

"그렇겠죠? 저도 처음 겪는 일이라서. 엄마는 너무 어렸을 때 돌아가셔서 몰랐는데."

"전 부모님 두 분 모두 작년에……"

"아, 많이 힘드셨겠어요."

"처음엔 정말 힘들었는데, 지금은 그럭저럭 견딜 만 해졌어요. 최근엔 꽃이 많은 도움이 됐고요."

"꽃은 정말 훌륭히 잘 만드셨던데요?"

"꽃은 받는 것보다 직접 만지는 게 더 좋더라고요."

"맞아요."

"사장님 덕분이에요."

"엄연히 따지면 영흠 씨 덕분이겠죠."

"그럴 수도 있겠네요. 그이는…… 뭐라고 말해야 하나. 오해 없이 들어주세요."

"네."

"그이는, 뭔가 결함이 있는 여자를 좋아하는 남자인가봐요."

"무슨 말이에요?"

"그이가 저와 결혼한 것도 그렇고."

"가희 씨가 어때서요?"

"그이가 저랑 결혼하기 전에 같이 살았던 여자는 한쪽 다리가 불편했던 여자였거든요. 그다음이 저였고요. 전 섭식장애가 있어요. 병원에 수시로 입원하곤 했죠. 합병증이 심했거든요. 이만해진 것도 놀라울 정도예요. 지금도 계속 치료 중이고요. 그리고 제 다음이 아마…… 죄송해요. 사장님인 것 같아요."

"가희 씨. 뭔가 오해가 있는 것 같은데……"

"사장님 원망하는 거 아니에요. 저는 그 덕에 꽃을 만지게 됐잖아요. 그래서 사장님에게 감사해하고 있어요."

나는 가희를 물끄러미 쳐다봤다. 거짓말을 하는 사람처럼 보이지는 않았다. 다만 턱과 손가락 끝, 어깨가 미세하게 떨리고 있다는 것이 느껴졌다.

"영흠 씨와는 어떻게 된 거예요?"

"사장님 때문에 헤어진 건 아니에요. 우린 진작에 끝이 난 상태였거든요. 그러다 뜬금없이 꽃을 보내기 시작하더라고요. 그럴 사람이 아니었거든요. 그래서 사장님을 찾아갔던 거예요. 그리고 제 생각이 맞다는 걸 확신할 수 있었죠."

"가희 씨 생각? 아, 결함?"

"네. 기분 나쁘지 않죠? 사실, 사장님 얼굴을 평범하다고 할 수는 없잖아요."

"그렇죠."

가희가 갑자기 주변을 두리번거리더니, 몸을 웅크리며 작은 목소리로 속삭였다.

"이건 사장님에게만 알려드리는 건데요. 지금 그이는 비만클리닉에 다니는 여자를 만나고 있대요. 내 생각이 맞았다니까요. 어딘가 부족하고 문제 있는 여자만 좋아하는 게 분명해요. 참 희한하죠?"

그러고는 새침하게 다시 허리를 곧추세워 자세를 바로 했다. 이 여자는 어디가 아픈 걸까. 왜 아프게 된 걸까. 나는 담담한 목소리로 물었다.

"난 영흠 씨의 사정을 다 알고 있는 가희 씨가 더 신기한데요?"

"그건…… 제가 아직 그 사람을 좋아해서 그래요. 노

력 중이기는 하지만 아직 다 털어내지는 못했거든요. 그래도 그이 때문에 예전처럼 막 아프거나 하진 않아요."

가희는 진지했다. 나 역시 진심을 전했다.

"나도 가희 씨가 안 아팠으면 좋겠어요."

"저도요. 플라워클래스에 다니다보면 그이한테 쏟는 관심도 옅어질 거예요."

"아, 클래스 등록했어요?"

"네. 제대로 배워보려고요."

"솜씨가 심상치 않은 걸 보니, 잘할 것 같아요."

"저도 그렇게 생각해요."

그러고 보니 처음 마주쳤던 날보다도, 가게에서 봤을 때보다도 훨씬 더 얼굴빛이 좋아 보였다. 살도 오른 것 같았다. 가희가 먼저 일어섰다. 나는 가희에게 손을 내밀었다. 고맙다고 말했다. 가희가 내 손을 잡았다. 뼈만 있는 손이어서 아팠지만, 나는 그래도 힘주어 꽉 잡았다.

나는 엘리베이터로 걸어가는 가희의 뒷모습을 바라보기 위해 계속 그 자리에 서 있었다. 가희가 시야에서 사라진 다음에야 나는 영흠에게 전화를 걸었다. 사실 여부를 확인하기 위해서가 아니라, 가희가 위험한 상황은 아닌지 걱정이 되었기 때문이었다. 영흠은 내 이야기를 들으면서도 전혀 놀라지 않았고, 익숙한 일이라는 듯이 천천히 대답을 해나갔다.

— 제가 미리 말씀을 드리지 못해서 죄송합니다. 많이 놀라셨죠. 그래도 마음에 오래 담아두지 않으셨으면 좋겠어요.

— 그럼 다 아니라는 말인가요?

— 네. 거의 전부가 아니라고 생각하시면 돼요.

— 설마……

— 작년에 부모님이 돌아가셨다고 하죠? 제 전 부인이 다리가 불편했다고도 하고요.

— 네.

— 부모님 두 분 다 살아계세요. 저는 결혼을 두 번 한 적도 없고요. 그런데 또 섭식장애는 사실이에요.

— 그럼 혹시 플라워클래스 등록했다는 것도……

— 글쎄요. 그건 아직 장모님에게 들은 이야기가 없네요. 요즘 들어 좀 나아지는 것 같다고 하셨거든요. 장

모님 말로는 꽃을 가까이하면서 정말 많이 좋아졌다고 했는데. 저한테 문제가 생겨서 가희를 계속 도울 수가 없었어요. 음…… 이런 얘기까지 선화 씨에게 드리는 건 실례 같고. 아무튼 챙겨야 할 가족들이 부주의했어요. 아픈 사람을 잘 단속해야 했는데. 제 불찰입니다.

— 그게 어디 영흠 씨 잘못인가요.

잠시 이야기가 멈추었다. 나는 조심스럽게 물었다.

— 가희 씨가 왜 그렇게 되었는지, 물어봐도 되나요?

— 사연이 좀 길어요. 그게……, 아니에요. 결국 다 제 잘못이에요. 저 때문에 가희가 그렇게 된 게 맞아요.

다시 침묵이 이어졌다. 통화가 이렇게 끝나는 게 싫었다. 더 할 말을 찾고 싶었다. 그럴수록 머릿속은 텅 비어가는 것 같았다.

— 그럼, 가희가 다시는 선화 씨를 찾아가지 않도록 조심시키겠습니다. 정말 죄송합니다. 아픈 사람이 한 실수니까 너그럽게 용서해주세요.

너무 깍듯한 사과여서 더 이상 다른 말을 할 수가 없었다. 영흠과 나는 한동안 아무 말도 하지 않은 채 전화기만 들고 있었다. 나는 숨을 내쉰 다음, 마지막 인사를 했다.

— 전 괜찮아요. 걱정하지 마세요…… 건강하시고요.

— 선화 씨도요.

나는 영흠이 내밀었던 수국 다발을 떠올렸다. 내가 영흠에게 받은 건 그것 하나뿐이었지만, 내 생애 처음으로 받은 꽃이었다. 게다가 내가 가장 좋아하는 꽃도 수국이라는 사실이었다. 내가 결함이 있는 여자든, 아니었든 간에, 그건 중요하지 않았다. 나는 조심스럽게 말을 이었다.

— 그때, 고마웠어요.

그리고 나는 곧바로 전화를 끊었다. 쿵쾅거리던 가슴이 점점, 점점, 점점 고요히 가라앉았다.

나는 병실로 돌아와 간이침대에 걸터앉았다. 가희가 만들어 온 유리화기의 꽃을 오랫동안 무심히 바라보았다. 흰색 수국, 리시안셔스, 라넌큘러스, 히아신스, 같은 흰색과 크림색의 조합이 청초하고 투명한 이미지를 이끌어내 창백해 보였다. 그제야 조문을 위한 꽃이라는 걸 깨달았다.

그때였다. 조용한 병실에 선명한 기계음이 귀청을 울

렸다. 삐— 드디어 그때가 온 모양이었다. 나는 시간을 확인한 후 간호사를 호출했다. 새벽 4시 17분. 간호사가 달려오는 소리를 들으며 나는 언니에게 전화를 걸었다.

새살

의사는 장기적인 계획을 세워야 한다고 말했다. 모반 제거는 지속적으로 변화되는 상태를 확인해가면서 진행해야 한다는 것이었다. 부어오른 입술은 성형외과의와 함께 시술에 들어가야 한다. 눈꺼풀 안쪽까지 뒤덮은 모반은 안과의와 상담 후에 결정할 사항이다. 우둘투둘한 뺨과 이마, 두피, 귀밑 쪽의 흉터종과 얼굴 전반의 모반 제거는 피부과에서 먼저 시작할 수 있다고 했다. 의사는 스케줄과 견적 상담을 안내받으라며 간호사에게 내 차트를 넘겼다.

나는 간호사를 따라 상담실로 건너갔고, 의사와의 면담보다 몇 배는 더 오랜 시간 붙들려 있어야 했다. 스케줄이야 그렇다 치겠다. 견적을 듣고 나서는 그냥 웃음만 나왔다. 대체 세상이 이렇게 좋아졌는데, 그동안 발달한 과학과 의술이 무용한 것이 아닐 텐데, 완치라는 말은 아무도 입 밖으로 꺼내지 않았다. 그러면서도 예상 비용은 아무렇지 않게 천 단위가 넘는 금액을 제시했다.

나는 아주 단순하게 결론을 내렸다. 남은 인생도 이대로 살겠다고. 이제까지가 힘겨웠을 뿐이라고.

흉측한 얼굴 때문에 지금까지 불편하고 부당하게 살았지만, 앞으로 그런 일을 더 겪을까 싶었다. 취업을 할 일도 없다. 남자를 새로 만날 일도 없다. 중요한 건 어떤 일이 닥쳐도 이겨낼 만한 내성이 생겼다는 것이었다. 그러니 이 얼굴로 죽을 때까지 살 수 있을 것이었다. 무엇보다도 아버지에게 받은 유일한 재산을 이렇게 쓰기 싫었다. 이미 삼십오 년간을 이 얼굴로 살았는데, 남은 생을 다른 얼굴로 살아간들 나아진다는 보장을 누가 하겠는가. 설사 나아진다 한들 그 돈을 투자할 만한 가치가 있을지에 대한 책임은 누가 지겠는가.

병준은 다른 병원을 더 알아보자고 했다. 더 저렴한 견적을 낼 수 있는 병원이 있을 거라고 했다. 혹은 완전히 없애지는 못하더라도 붉고 검은색을 좀 완화시키는 것도 괜찮지 않겠느냐고 조심스럽게 제안했다. 그 정도의 타협선이라면 다시 생각해보겠다고 했다.

언니는 무슨 소리냐며, 어떻게든 치료를 하라고 했다. 돈이 들면 드는 만큼의 보상이 있다고 했다. 여자 인생은 누구도 모르는 거라고도 했다. 그래서 언니 인생이 그렇게 된 거냐고 되묻지는 않았다. 시가의 땅문서를 훔치지 않고서도 아버지 집을 제대로 처분해준 것만으로도 나는 이제 언니에게 바랄 것이 없었다.

등 돌리고 살아도 좋고, 미워하며 살아도 좋으니, 눈물이나 질질 흘리는 등신 같은 모습으로 살지는 말자고 한 건 아버지 집의 세간을 처분하던 날이었다. 언니나 나나 형편이 고만고만하니 가지고 갈 것도, 따로 챙길 것도 없이 모조리 버릴 것들 뿐이었다. 엄마가 시집올 때 해온 살림부터, 할머니가 쓰던 물건까지 켜켜이 쌓인 옛날 물건을 추리면서, 언니와 나는 사실 꽤나 당

혹스러웠다. 엄마나 아버지, 심지어 할머니 사진 한 장조차 남아 있지 않았기 때문이었다. 옷장에는 아버지가 얼마 전 까지 입었던 옷가지 몇 벌, 속옷 몇 벌이 전부였다. 이불장에는 겨울 이불과 춘추용, 여름용 이부자리 세 채뿐이었고, 베개는 심지어 한 개뿐이었다. 그릇이나 주전자, 컵도 최소한의 개수만, 신발도, 우산도, 수건도, 치약과 칫솔, 비누도 쓰던 것밖에 없었다. 무엇이든 여벌이란 게 없었다.

"그럼 아버지가 미리 다 정리했다는 거야?"

"그런 모양이네."

"어떻게 엄마 사진 한 장 안 남겨놓을 수가 있냐."

"자기 사진도 안 남겨놓은 사람인데 뭐."

"그럼 우리 물건들도 하나도 없는 거지?"

"응."

"안 필요하니까 두고 갔다고 생각하셨나?"

"이런 아버지였다면 버렸다고 생각했을 수도 있어."

"사실이 그렇기도 하지."

"그렇지……"

"그래……"

언니와 마루에 나란히 앉아 담배를 피웠다. 녹이 잔뜩 슨 철문이 바람에 삐거덕 소리를 내며 건덩거렸다. 수국 이파리가 연두에서 초록으로 변해가는 계절이었다. 어디선가 목련꽃 떨어지는 소리가 들릴 것 같은 봄날이었다.

"너, 꼭, 얼굴 치료 해. 세상 좋아서 그거 감쪽같이 고치더라. 텔레비전에서 보니까 한 일억 조금 안 들던데? 그 여자는 양악도 했더라만. 완전 다른 여자 되더라."

"일억? 집 판 돈 다 주려고?"

"그건 안 되지. 넌 양악은 안 해도 되니까. 그 정도는 안 들거야."

"그럼 됐어. 그냥 이렇게 살 거라니까."

"성형 시켜주는 프로그램 있던데, 내가 신청해줄까?"

"됐다니까."

"하여간 넌 내 말이라면 무조건 아니라고 하지."

"저, 수국 다 캐갈까?"

"말 돌리지 말고. 어때? 신청해서 되면 할래?"

"엄마가 수국 좋아했던 거 알아?"

"얘가 무슨 소리야. 라일락 좋아했지. 봐, 저기가 다 라일락나무잖아."

"아냐. 수국이었어. 수국을 더 먼저 심었잖아."

"내가 너보다 엄마랑 이 년 더 살았거든? 라일락이야. 수국보다 라일락나무가 더 많아. 가서 세보라고."

라일락이었을까? 내 기억에는 수국이었는데. 하지만 언니 말처럼 라일락이었을 수도 있었다. 마당에는 수국과 라일락만 심어져 있었고, 언니가 저렇게 확신하는 데에는 분명 그 이유가 있을 터였다. 어쩌면 내가 수국을 좋아해서 엄마도 수국을 좋아한다고 생각했을 수도 있었다.

"너, 엄마 죽은 날 기억하니?"

"응. 아주 약간. 엄마의 허연 맨발…… 정도?"

"엄마를 처음 발견한 건 사실, 나였다."

처음 듣는 이야기였다.

"내가 사람들한테 네가 엄마를 죽였다고 말하고 다녔는데, 그것도 기억해?"

"응. 내 얼굴 때문이었으니까. 지금까지도 그렇게 생각하고 살고 있어. 왜 그 얘기까지 꺼내고 그래. 사람 멋쩍게."

나는 담배를 꺼내물었다.

"난 너를 미워하면서 버틸 수 있었는데, 넌 어떻게 버텼니?"

"왜 그래? 하고 싶은 말이 뭔데?"

"엄마가 죽었던 날, 그 방문 앞에, 너한테 쓴 편지가 있었어."

"내 기억엔 없는데?"

"내가 없앴거든."

"왜?"

"나한테는 안 쓰고 너한테만 썼으니까."

언니도 나를 따라 담배를 물었다. 언니는 연기를 길게 내뿜었다. 나는 이제 열두 살의 언니를 충분히 이해할 수 있었다.

"나라도 그랬겠다."

"뭐라고 써 있었는지 안 궁금해?"

"기껏해야, 사실 언니는 너를 사랑한단다, 그런 말이었겠지."

언니는 더 이상 말을 잇지 못했다.

"언니도 잊어. 잊어버려. 이십오 년 전의 일이야. 그

걸 아직도 부여잡고 살면 어떡하니? 저절로 아물었으면 그냥 둬. 그걸 왜 또 후벼파? 그래봤자 흉터만 더 커지지. 근데, 고물상에서 몇 시에 온다고 했지?"

"곧 올 거야. 시간 다 됐어."

나는 슬쩍 일어나 마당을 어슬렁거렸다. 그러다 슬그머니 라일락나무 쪽으로 다가갔다. 꽃을 피우려면 아직 한 달은 더 있어야 했다. 머릿속에는 벌써 달콤한 라일락향기가 맴돌았다. 라일락은 향을 넣고 싶은 상품에 자주 사용하는 꽃이기도 했다. 나는 라일락 이파리를 만지작거렸다. 언니는 어느새 수국 이파리를 매만지고 있었다.

"이 나무들, 여기 두는 거 아깝다."

"가져다 심을 데도 없잖아. 화분에는 못 심을걸? 뿌리가 꽤 될 거 같은데?"

트럭 두어 대가 철문 밖에 세워지더니 삐걱거리며 철문이 열렸다. 고물상 사람들이 왁자하게 들어섰다. 사람들은 제일 먼저 철문부터 떼어냈다. 아홉 살 내가 초록색 페인트로 내 이름 양선화와 언니 이름 양연화를 썼던 철문이었다. 녹이 슬고슬어, 이제는 원래 색을 잃어버린 철문이 순식간에 사라졌다. 언니가 그렇게 무서웠는데도, 언니의 놀림이 그렇게도 싫었는데도 나는 내 이름 다음으로 언니 이름을 썼던 것이다.

언니는 팔짱을 끼고 마당 구석에서 사람들이 움직이는 것을 지켜보고 있었다. 사람들은 값이 될 만한 것들을 먼저 트럭에 싣고, 아닌 것들은 마당 한쪽에 쌓기 시작했다. 수국과 라일락나무에 물건들이 닿기 시작했고 그때마다 나무들은 춤추듯 휘청거렸다. 나는 병준에게 전화를 걸었다. 그리고 당장 와달라고 했다.

하루가 다르게 해 떨어지는 시간이 늦어지고 있었다. 조카애를 데리러 간 언니가 돌아올 때까지 기다리는 중이었다. 그래도 마지막인데, 언니와 함께 집을 나서야 한다고 생각했다. 고물상 사람들은 깨진 유리 조각 하나 남기지 않고 싹 쓸어가버렸다. 텅 빈 집의 마루에 앉아 텅 빈 마당을 보고 있자니, 장미가시가 속옷 안에 박힌 것처럼 가슴께가 자꾸 따끔따끔했다. 언니와 앉아 있을 때는 그래도 수국도 있고 라일락도 보였는데, 병준과 앉아 있는 지금은 철문조차 없이 휑한 공터가 황량해 보였다.

"어젯밤에는 왜 전화 안 받았어?"

"잤어."

"열 시 전이었는데?"

"응. 피곤했나봐. 혜조한테 가게 맡기고 들어가서 잤어. 아버지 돌아가시고 계속 그래."

"몸이 쉬게 해달라고 그러는 거야. 그럴 때는 몸이 하자는 대로 해."

"그러고 있어."

"예쁘다."

"그런 말 좀 하지 마. 나 서른다섯이야."

"서른다섯이든, 마흔다섯이든? 예쁜 건 예쁜 거지."

"거짓말이니까 그렇지."

"솔직히 얼굴은 안 예쁜 건 인정. 근데 잘 자는 건 예뻐."

"안 예쁜데 왜 자꾸 따라다녀?"

"오늘은 네가 불렀다."

"나무, 잘 자라겠지?"

"잘 자라게 할게."

"고마워."

"보관료 받을 거야."

"반은 언니한테 받아."

"알았어. 딱 반."

타다다닥, 이쪽으로 뛰어오는 발걸음 소리가 들렸다. 병준과 나는 마루에서 일어나 철문이 있던 자리로 걸어갔다. 멀리 노을이 내리고 있었다. 같이 가자니까! 제 엄마의 말을 듣지 않고 조카애가 먼저 달려왔다.

"야, 너 달리기 선수 해야겠다!"

병준이 큰 목소리로 조카애를 맞았다. 조카애는 쑥스러운 듯 눈도 제대로 못 맞추고 고개만 꾸벅 숙였다. 아직도 낯가리면 어떡해? 말을 마치자마자 병준은 조카애를 번쩍 안아 뱅글뱅글 돌려주었다. 병준에게 안긴 조카애가 다리를 쭉 뻗으며 그제야 깔깔거렸다.

언니의 양손에는 커다란 비닐봉지가 들려 있었다. 기름내를 맡자 입안에 침이 막 고였다. 병준과 내가 얼른 언니의 짐을 받아들었다. 언니는 마당으로 들어서기 전, 트럭에 실린 라일락과 수국나무를 손으로 한 번 쓰다듬고 마루로 올라앉았다.

마루에 네 사람이 둘러앉아 비닐을 펼쳤다. 금세 치

킨 세 마리와 캔맥주가 차려졌다. 누구랄 것도 없이 양손과 입가에 번들거리는 기름을 묻혀가며 치킨을 먹고, 맥주를 마시며, 제각각 떠들어대기 시작했다. 치킨은 먹어도먹어도 부족하지 않았고, 맥주는 마셔도마셔도 새로운 캔이 기다리고 있었다. 할머니도, 아버지도, 엄마도 없었지만 이 집에서 살았던 시간 중에서 가장 시끄럽고, 가장 소란스러운 저녁식사였다. 배부르다며 뒹굴거리던 조카애는 어느새 병준의 무릎에 발 하나를 걸쳐두고 게임을 하고, 술기운과 포만감으로 어른들도 하나둘씩 마루에 드러누웠다. 벽과 지붕만 남은 빈집에 봄 달빛이 차곡차곡 차오르기 시작했다. ■

작가의 말

나는 식물을 못 키우는 사람이었다. 선물받은 화분은 이내 까맣게 잎이 타들어갔고, 작정하고 들여놓은 화분조차 사들이는 족족 죽였다. 화원 주인이나 친정엄마, 주변 사람들에게 배운 대로 물을 주고 신경을 쓰며 보살폈지만, 내 손만 타면 멀쩡하던 것도 신나게 죽어나갔다. 베란다에는 빈 화분만 수북이 쌓였고, 나란 사람은 식물이라면 쳐다봐서도 안 될 인간이라고 여기는 게 차라리 속 편했다.

이 소설을 준비하고 쓰는 동안 달라진 것이 있다면,

나는 이제 식물을 키울 수 있는 사람(키우는 사람)이 되었다는 것이다. 몇 개의 서양란, 치자나 수국 같은 꽃나무들과 다육식물들, 무성하게 줄기를 뻗고, 이파리를 늘려가는 여러 식물들로 이제 베란다는 발 디딜 틈이 없다. 그사이 특별한 비법을 터득했을 리 없다. 새로운 종류의 식물을 키운 것도 아니다. 때에 맞춰 물을 주고, 해를 보이고, 바람을 쬐게 했더니 저절로 자랐다. 저절로 싹을 틔웠고, 저절로 꽃을 피워냈다. 그러니까 나는, 이제야 비로소 오랜 시간을 들여 식물을 바라볼 수 있는 사람이 된 것이다.

올여름에는 키우던 행운목에 꽃이 피었다. 이태 전쯤, 한 도막에 천 원을 주고 샀던 행운목이었다. 처음에는 얕은 화기에 물을 담아 키웠다. 일 년쯤 지나자 새로운 싹이 돋고 몸통이 굵어지는 바람에 화분에 옮겨심었다. 초여름 부근이었던가, 그 행운목의 잎 사이로 꽃대가 올라왔다. 얼마 지나지 않아 하얗고 진한 향을 내는 꽃이 피기 시작했다. 그제야 나는 행운목도 꽃을 피운다는 사실을 알았다. 이 소설의 끝 부분을 쓰던 무렵이기도 했다.

되도록 미안하다는 말을 하고 싶지 않았다. 적어도 오래 기다려준 이들에게는 더욱이나 고맙다고 첫 마디를 꺼내고 싶었다. 하지만 나는 그저 조용히 고개만 숙인다.

오래 준비했다고 착각한 것, 지킬 여력이 없는 무수한 약속을 남발한 것. 모두 송구스럽다.

바쁜 와중에도 세심히 '꽃'을 알려준 플로리스트 김선영님에게 큰 감사함을 전한다. 잘 가르쳐주신 만큼 잘 쓰지 못한 건, 전적으로 나의 잘못이라는 말을 꼭 전하고 싶었다.

손정혜와 윤희주에게는 깊고깊은 미안함을 전한다. 당신들에게 받은, 다 갚지 못한 마음의 빚은 언젠가 꼭 갚겠다. 좀 더 좋은 소설로, 반드시, 꼭.

결국, 행운목 꽃은 향이 너무 진하고 짙어 베란다의 가장 끝, 가장 구석자리로 밀려나야만 했다. 처음에는 신기하다고 집 안으로 들였다가, 온 식구들이 두통에 시달려야 했기 때문이다. 꽃은 오래가지 않았고, 바짝 말라버린 긴 꽃대만 볼품없이 비죽 남아버렸다. 마치 이 소설을 붙잡은 채 이러지도 저러지도 못하고 끙끙 앓기만 했던 지난여름의 나 같았다. 나는 어쩔 수없이 또다시 미안해졌다. 꽃에게, 소설에게, 내 자신과 이 소설을 읽게 된 모든 이들에게도.

나는 오늘에야 죽은 꽃대를 말끔하게 잘라냈다.

2014년 가을

김이설

* 꽃다발, 꽃 바구니 등 꽃 상품 이미지를 위해 참고한 책들입니다.

- 정순영, 황현철, 《주고 싶은 꽃, 받고 싶은 꽃》, 그린홈, 2008
- 정주희, 《꼼 데 플레르》, 소모, 2012
- 조영용, 《플로리스트를 위한 화훼상품연출》, 크라운출판사, 2012

선화

1판 1쇄 발행 2014년 10월 1일
개정 1판 1쇄 발행 2023년 10월 31일

지은이 · 김이설
펴낸이 · 주연선

(주)은행나무
04035 서울특별시 마포구 양화로11길 54
전화 · 02)3143-0651~3 | 팩스 · 02)3143-0654
신고번호 · 제 1997—000168호(1997. 12. 12)
www.ehbook.co.kr
ehbook@ehbook.co.kr

ISBN 979-11-6737-364-9 (03810)